書下ろし

雪のこし屋橋

新・戻り舟同心②

長谷川 卓

祥伝社文庫

目次

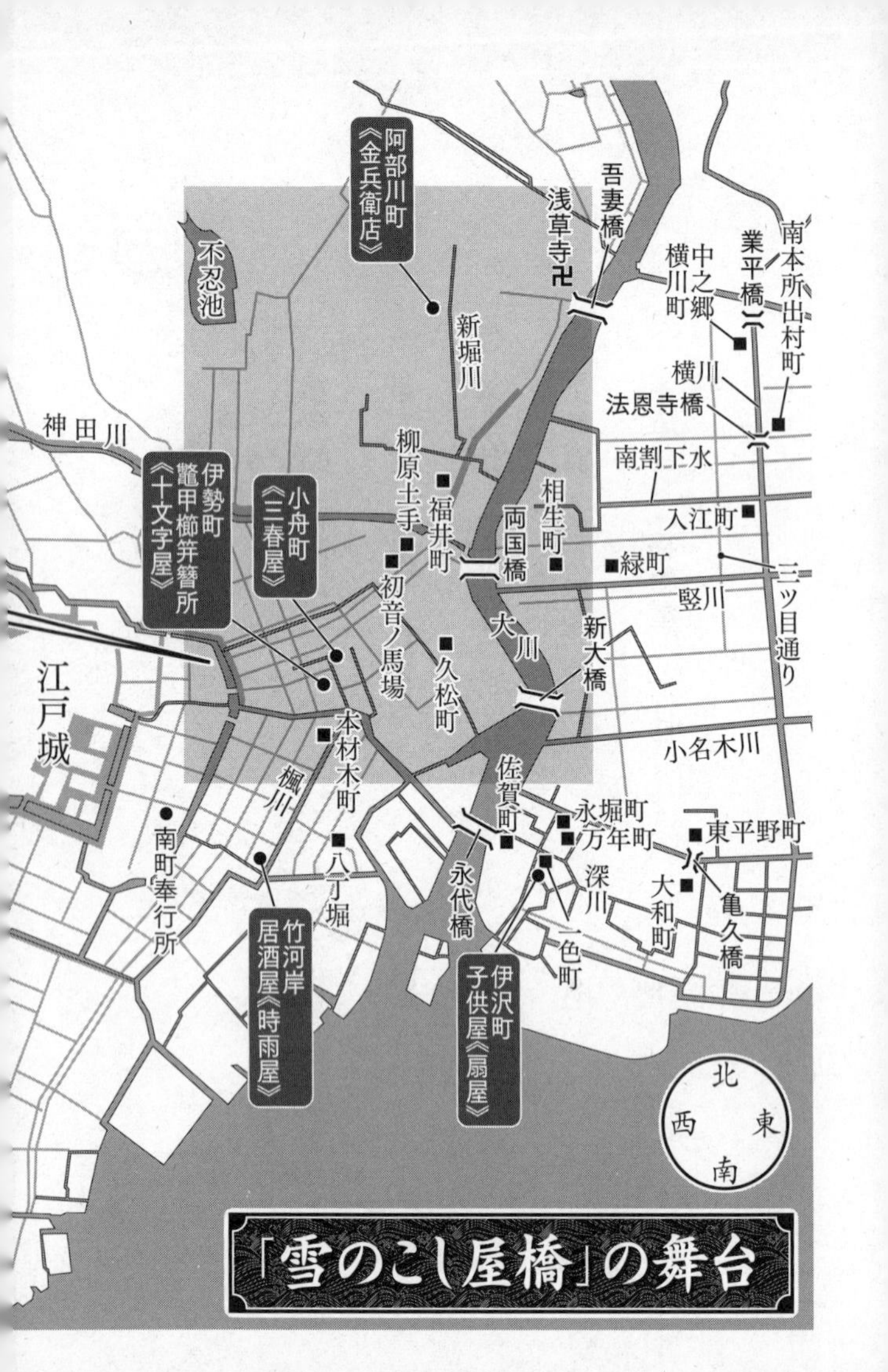
「雪のこし屋橋」の舞台
阿部川町《金兵衛店》
不忍池
浅草寺
吾妻橋
南本所出村町
業平橋
中之郷横川町
横川
法恩寺橋
新堀川
神田川
伊勢町鼈甲櫛笄簪所《十文字屋》
小舟町《三春屋》
柳原土手
福井町
初音ノ馬場
両国橋
相生町
南割下水
入江町
緑町
竪川
三ッ目通り
大川
新大橋
久松町
江戸城
本材木町
楓川
小名木川
佐賀町
永堀町
万年町
東平野町
南町奉行所
八丁堀
永代橋
深川
大和町
亀久橋
一色町
竹河岸居酒屋《時雨屋》
伊沢町子供屋《扇屋》
北
西
東
南

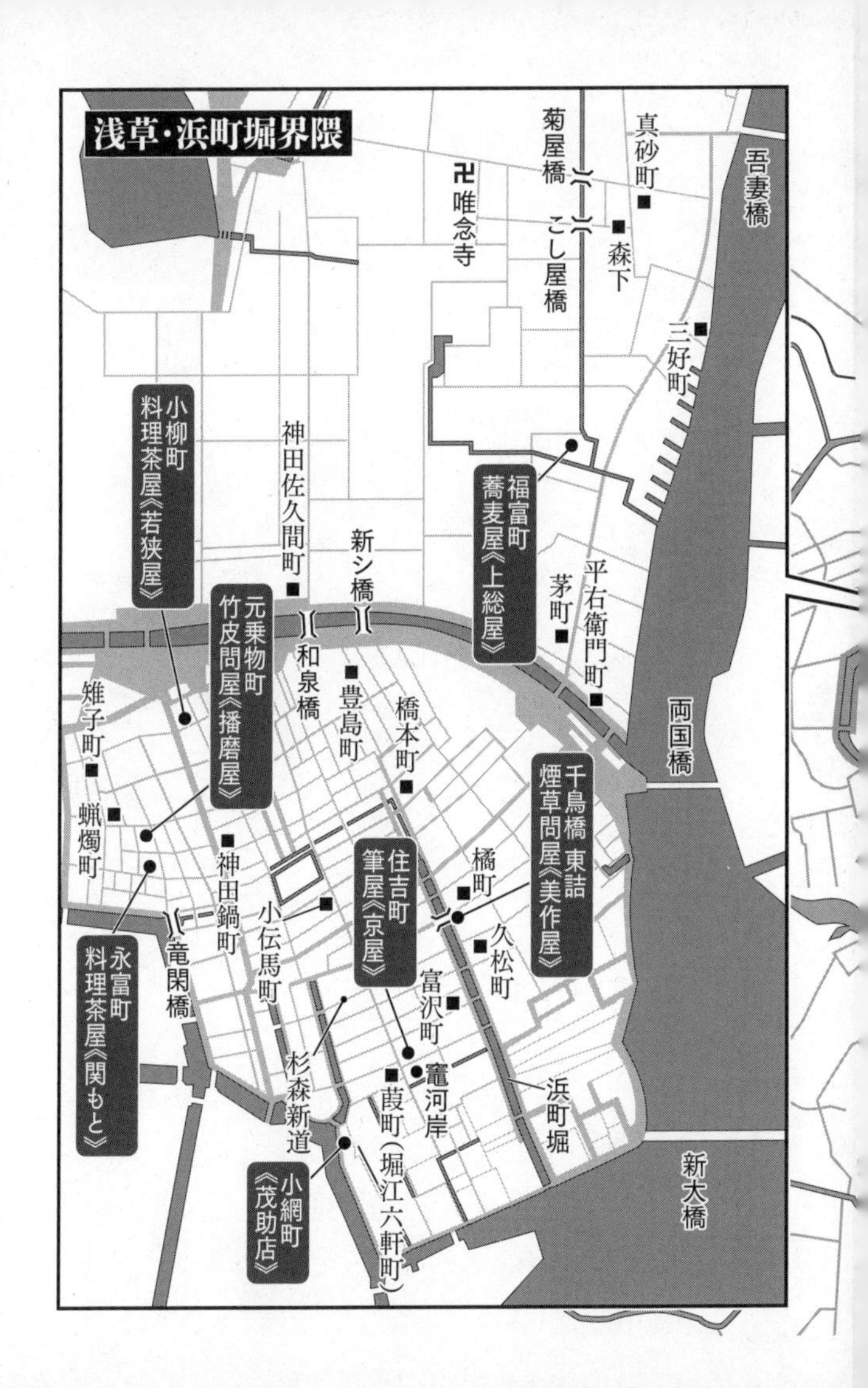
浅草・浜町堀界隈
菊屋橋
真砂町
吾妻橋
卍唯念寺
こし屋橋
森下
三好町
福富町
蕎麦屋《上総屋》
小柳町
料理茶屋《若狭屋》
神田佐久間町
新シ橋
平右衛門町
茅町
元乗物町
竹皮問屋《播磨屋》
和泉橋
豊島町
橋本町
雉子町
両国橋
千鳥橋 東詰
煙草問屋《美作屋》
蝋燭町
神田鍋町
小伝馬町
住吉町
筆屋《京屋》
橘町
久松町
竜閑橋
永富町
料理茶屋《関もと》
富沢町
杉森新道
竈河岸
葭町（堀江六軒町）
浜町堀
新大橋
小網町
《茂助店》

第一話　悪い奴

一

文化三年（一八〇六）十一月四日。

永尋掛りの詰所に出仕して来た二ツ森伝次郎は、染葉忠右衛門と河野道之助に正対すると、膝に手を当て、

「お疲れ様でした」

と丁寧に頭を下げた。染葉と河野も同じ所作をし、言葉を返した。

朝五ツ（午前八時）である。出仕したばかりの挨拶にしては妙な物言いだが、十一月の一日、二日、三日が明けた四日目の朝は、労をねぎらう言葉を口にし合うのが習わしだった。というのも、十一月一日は江戸三座と言われる芝居小屋の

顔見世狂言の初日で、三日まで三番叟が舞われた。芝居小屋のある堺町、葺屋町、木挽町は、夜八ツ（午前二時）に始まる三番叟から観ようとする客と、芝居茶屋の軒先に披露されている飾物や積物を見に集まる者たちで夜明け前からごった返すのである。

集まる者は見物客だけではない。見物客の懐を狙う輩も、書き入れ時と心得て徘徊する。ために、南北両奉行所の同心らは、真夜中に起き出し、二丁町と呼ばれる堺町と葺屋町、それと木挽町を見回ることになる。手が足りないからと、永尋、即ち迷宮入りとなった事件を専らとする永尋掛りにも見回りの役目が回って来た。伝次郎らは定廻りの時に経験しているので、要領は分かっていたが、「俺は生涯芝居は観ねえぜ」と言いたくなる程、疲れるのである。

永尋はこの三日間で解放されたが、定廻りや臨時廻り、風烈廻りらから選抜された者たちは、御役御免にはならない。引き続き見回りを続けるのである。伝次郎の息・新治郎は、今年はその中の一人だった。御役御免になるかならぬかは、一年交替の持ち回りであった。

「同心は、五十で辞めないと死んじまうな」

伝次郎が近の淹れた茶を啜りながら言った。近は盗賊・鬼火の十左一味に襲われた堀江町の畳表問屋《布目屋》のただひとりの生き残りで、今は永尋掛りの詰所の留守番と賄いの一切を任されていた。

「徹夜は堪えますね」河野である。河野は六十四歳。伝次郎らより五つ若い。

「何を軟弱な。俺が河野の年の頃は、堀なんぞ飛び越えていたぞ」

鍋寅こと鍋町の寅吉が、けっ、けっ、と妙な声を出して笑った。今年で七十三になる鍋寅は、六十九の伝次郎の、ここ約三十年の姿を、暫しの抜けはあったが、御用聞きとして近くから見ているのである。嘘は通らない。

「今日は、近間でお茶を濁すか」

鍋寅に隼に半六、そして一ノ瀬真夏も、この三日間の見回りに随行していた。

伝次郎が眉を掻きながら、言い訳するように言った。

「それはいかんぞ」染葉が首を横に振っている。「見回りが手薄になっているからと、悪さをしようとする者が必ず出て来るものだ。手抜きはいかんな」

ふいに伝次郎は、染葉の倅の鋭之介を思い出した。例繰方の同心である倅も、ひどく生真面目であった。親子は似るものだな。

「へいへい」

と返事をしながら伝次郎は、それが孫の正次郎のよく使う言い方だと気付き、背筋を伸ばした。

いかん。彼奴の癖が移ってしまった。

生真面目な親父殿のお言葉に従い、浅草や両国などの広小路をぐるりと回ったが、悪党は悪党なりに疲れていたのか、目立った揉め事はなかった。

「結構でやんした」見回りを終えた鍋寅が、至極ご機嫌になっている。

「少し飲んで帰るか」

鍋寅の機嫌は更によくなったが、鍋寅を喜ばせるために、わざわざ飲みに行くのではない。明日から父・八十郎のいる下高井戸に戻る、真夏を送るための酒だった。道場に熱心に通い、八十郎の身の回りの世話をしてくれていた高弟が嫁をもらうことになった。真夏は、その婚礼に出た後、やがては内与力の小牧壮一郎に嫁ぐことを決めた身である。嫁ぐ前に少しでも、父とゆっくりとした刻を過ごそうと心を配ったのである。とは言え、八十郎も真夏も永尋掛りの同心である。道場が心配だからと戻っている父と、その父に会いにゆく娘。実に気儘と言う他はない。

「一ノ瀬さんによろしく伝えてくれ」伝次郎が、真夏に言った。

「はい。先達のお蔭で思い切れました」

先達という呼び方は、正次郎にお爺様と呼ばせないようにと捻り出したものだったが、それを真夏も使っていた。

「今頃になって、そなたをあんな泥亀に、養女に出すのが惜しくなった。俺はこれまで出世など考えたこともなかったが、今はそれを悔いている」

泥亀とは、伝次郎が年番方与力の百井亀右衛門に付けた渾名だった。元八丁堀同心・一ノ瀬八十郎の娘としてより、南町奉行所年番方与力の娘として嫁がせた方が、箔が付く、という名目であったが、実のところは、盗賊・夜宮の長兵衛の娘であることを、ひた隠すためであった。真夏が盗賊の娘であることは、当の本人ですら知らない。八十郎と伝次郎、新治郎、正次郎の四人だけの秘め事であった。

「いいえ」と真夏が言った。「一ノ瀬の父、百井様、そして本当の父になってもいいと仰しゃってくださった先達。私は三人の父の娘になれるのですから、幸せ者です」

泣くぞ、と伝次郎は思った。孫の正次郎が嫁をもらっても泣かないだろうが、真夏に父上と言われたら泣くぞ。

懸命に涙を堪えているところに、左右の袖口を両の指先で摑み、つんつんと奴凧（だこ）のような格好をして鍋寅が回り込んで来た。

「旦那、《時雨屋（しぐれや）》でよろしゅうござんすね」

咽喉（のど）を鳴らしながら、竹河岸（たけがし）にある馴染（なじ）みの居酒屋の名を口にした。

「好きなところにしろ」

「へい。そういたしやすです」

足の運びも軽く、鍋寅が再び先頭に立っている。伝次郎は、隼を呼んだ。手下の隼は、鍋寅の孫娘である。

「何でござんしょう？」

「あの血が、お前の中にも流れているんだぞ。気を付けろ。油断していると、お前もああなるぞ」

隼が大仰（おおぎょう）な声を上げて、頭を抱えた。


十一月五日。五ツ半（午前九時）。

伝次郎は、鍋寅らを引き連れて、市中の見回りに出た。

日を重ねる毎（ごと）に、風が冷たさを増していた。しかし、まだ首を竦（すく）める程ではない。これから来る真冬の寒気のことを思えば、御（おん）の字の冷やっこさであった。おまけに、顔見世狂言の見回りで面の皮を鍛え上げたばかりである。夜中の見回りと比べれば、昼は弱いながらもお日様が出ている。ありがてえじゃねえか、と口だけは威勢がいいが、伝次郎の背は丸くなっていた。

「まだ、身体が寒さに慣れていねえだけだ」

と伝次郎が言い訳をしていると、旦那、と鍋寅が小声で言った。声の調子が与太を言っている時と違う。

「あいつに見覚え、ござんせんか」

鍋寅の目を追った。浜町堀に架かる千鳥橋の上に行き着いた。遊び人風体の男が橋を渡っている。その開いたお鉢に覚えがあった。

「鎌吉じゃねえか」

今年の二月に、所払の者を借店に匿い置いた廉で江戸払になった男だった。匿った男は、窩主買で御用になっていた。窩主買とは、盗んだ品と分かっていながら売買することで、故買のことである。

「江戸払の身にしては、堂々と歩いていやがりやすね」

江戸払は、品川、四ツ谷大木戸、板橋、千住に本所、深川をぐるりと結んだ内側での居住を禁止する刑であった。

「どこぞで悪いのとつるんでねえとも限らねえ。尾(つ)けるか」

「おうっ」

と鍋寅が、隼と半六に先に行くように言った。隼と半六がするりと前に出た。

追放刑を受けた者が、ほとぼりが冷めるのを見計らってこっそり江戸に舞い戻り、何食わぬ顔をして住み暮らしているのを見付けるのも、永尋掛りの大切な役目の一つであった。

鎌吉は横町を折れ曲がりながら橘町(たちばなちょう)から横山同朋町(よこやまどうぼうちょう)を通り、武家屋敷小路を抜け、両国の広小路に出た。

「どこまで行くんでしょうね？」鍋寅が言った。

このような時に、鍋寅はよく同様のことを口にした。どんな答えを待っていやがるんだ？　試しに、当てずっぽうのところを言ってみた。

「相生町(あいおいちょう)二丁目の船宿《辰巳屋(たつみや)》だ」

鍋寅が打(ぶ)っ魂消(たまげ)たような顔をして、どうして、と言った。分かるんでございやす？

「出鱈目(でたらめ)だ。どうして、と訊(き)くくらいなら、訊くな」

黙ってしまった鍋寅を従え、両国橋を渡った。隼と半六は竪川(たてかわ)に沿って、真(ま)っ直ぐに進んで行く。

一ツ目橋を過ぎた。人の出が多い。間合が詰まった。隼たちと鎌吉の後ろ姿が見えた。相生町の一丁目を越し、二丁目に入った。船宿《辰巳屋》の柱行灯が見えて来た。鎌吉の足が少し遅くなった。

「旦那ぁ……」鍋寅が皺首を伸ばして見入っている。

「どうだ、恐れ入ったか……」

鎌吉は《辰巳屋》の前を行き過ぎると、俄に足を速めた。

「嫌味な野郎だぜ」

二ツ目橋の脇を通り、三ツ目橋のところで北に折れ、三ツ目通りに入った。

町屋の先は、南割下水まで旗本と御家人の屋敷が続いており、人通りは疎らになる。尾けるには、塩梅がよろしくない。

町屋が途切れた。と、隼と半六が、町屋と武家屋敷を繋ぐ横町の角に身を隠すようにしている。鎌吉の姿は、通りから消えていた。二人にそっと近付き、どの屋敷に入ったか、訊いた。

「三軒目の、松の枝先が門の上から覗いている屋敷でございます」隼が言った。

一町程先に辻番所があった。半六に、誰の屋敷か訊きに行かせた。

直ぐに半六は戻って来た。

「御家人の難波騎一郎様の御屋敷だそうです」

「難波と言いやすと……」

鍋寅が眉を顰めた。賭場への出入りから強請り集りまで、悪いことなら何にでも首を突っ込んでいるという、評判の悪であった。二度ばかり見掛けたことがあった。

「こんなところに御屋敷があったんでやすか」

鍋寅は、こっそりと門の中を覗きに行って来ると、玄関先には誰もおりませんでした、と言い、付け加えた。

「野郎、屋敷に上がったようでございやす。まさかとは思いますが、ここが塒ではねえでしょうね」

「そうかもしれんぞ。始末の悪い奴は、どうしようもないのと引っ付くものだからな」

伝次郎らは、どうせだからと、門前を通って帰路に着いた。片開きの引き戸門には破れ目が出来ていた。

二

十一月六日。

刻限は朝五ツ（午前八時）を四半刻（三十分）程過ぎている。

「そろそろ見回りに行くか」

腰を上げた伝次郎らを押し留めるように、戸の外で門番の声がし、引き戸が開いた。

「是非ともお会いしたいという者が来ておりますが、いかがいたしましょうか。名は中泉。絵師だそうです」

聞き覚えのない名の絵師だった。新手の訴えごとだろう。半六を走らせた。

半六の後から付いて来たのは、年の頃は三十程か、色の白い、瘦せた男であった。男は伝次郎を見ると、永尋掛りのお役人様でしょうか、と言った。

「おうっ、その通りだ。俺は、二ツ森伝次郎。相談ごとなら、何でも受け付けるぜ」

安堵したのか。中泉の顔が落ち着きを見せた。

「そこじゃ話が遠いな」

中泉を土間から上げた。河野が文机を離れ、伝次郎の横に座った。鍋寅らも腰掛けを框の前に置き、腰を下ろしている。

「絵師と聞いたが、どんな用件かな。話してみてくれ」

中泉は一礼すると、皆の顔を見回してから、口を開いた。

「手前は、今は絵師・中泉と名乗っておりますが、小柳町二丁目の料理茶屋《若狭屋》の倅で申吉と申します」

「《若狭屋》って……」伝次郎が思わず訊いた。「あの《若狭屋》か……」

四年前、《若狭屋》の主が物盗りに襲われて殺された事件であった。その年に定廻りになったばかりの新治郎が受け持った殺しなので、よく覚えていた。

「左様でございます。難に遭いましたのは、父の惣兵衛でございました」

「済まねえ」続けてくれ、と中泉を促した。

「物盗りとは言え、父が殺されたという話が広まりますと、客足がぱたりと途絶えたそうで、そうなると物事すべてが悪い方へと転がり、半年後、母が心の臓を病んで倒れました。もう続けられないからと、翌年、店を同業の《越後屋》さんに譲り、その金子を今まで働いてくれた礼として店の者に分け、母は根岸に移ったそうです。母は、そこで亡くなりました。まさか、そのようなことになっていようとは夢にも思わず、手前は絵筆にのめり込み、江戸を離れていたのです」

五年半前になります、と言って中泉が再び口を開いた。稼業は嫌だ、絵師になりたいと言って家を飛び出し、諸国を回って修行を重ねておりました。絵師として一人立ち出来る、と師匠の許しを得られましたので、これならば親にも、稼業を捨てたことを許してもらえるだろうからと、江戸に帰ってみたら、店がない。愕然といたしました。

詳しい話を聞こうと、かっての番頭や仲居を訪ね歩きました。会う先々で言われました。親不孝者。今頃帰って来て。旦那様亡き後、御内儀様がどんなにお待ちになっていたか。訪ね、叱られ、泣き、また訪ね、を繰り返し、分かったことがございます。父も母も、人に恨まれてはいなかった、ということです。それは、せめてもの救いでした。恨まれ、妬まれ、殺されたのではなかった。

「父を手に掛けた者は、未だに捕まっていないとのことでございますが、何としても、捕まえていただきたいのです。そして、なぜ父を殺したのか。訊きたいのです。そのお願いに、今日こうしてお訪ねした次第でございます」

中泉が手を突き、頭を下げた。

「分かった。確かに引き受けた」伝次郎が、手を上げるように言いながら、河野を見た。

「実でございますか」

中泉が顔を上げ、目許を拭い終えた時には、河野が永尋控帳の棚から分厚い綴りを取り出して来ていた。

表書には『享和二年壬戌　若狭屋一件』と記されていた。

表は河野の手だったが、中の調書は新治郎の手によるものだった。

「二ツ森さん」河野が、調書を書いた者の名が記されている個所を伝次郎に見せた。新治郎の名があった。

「知っている」

「そうですか……」河野が伝次郎に控帳を手渡した。

伝次郎が、中にある調書の綴りを繰った。

時は、享和二年十月二十二日。五ツ半（午後九時）。

ところは、和泉橋南詰から西に一町の柳の根方。詳細を記した絵図があった。

「神田佐久間町二丁目の料理茶屋《常陸屋》で同業の寄合があり、お開きになったのが六ツ半（午後七時）。その後、帳場で《常陸屋》の夫婦と世間話をし、《常陸屋》を出たのが宵五ツ（午後八時）を回った頃合だ。その帰路を襲われ、紙入れを盗られたようだな。紙入れの中は、寄合に出るだけだったからか、何程のものも入っていなかったらしい。

殺されたのは、《若狭屋》惣兵衛、供に付いていた小僧の末吉。それに、夜鷹の桑の三人。

耳にするのはつらかろうが、掻い摘んで読むぜ。

惣兵衛は、背中を袈裟懸けに一太刀。夜鷹の桑は、正面から袈裟に一太刀。末吉は、腹と背の二個所を刺されていた、とある。

惣兵衛は、物盗りに気付き、逃げようとしたところを斬られ、桑は立ち竦んでいたところを斬られたのではないか。末吉のみが刺し傷であるのは、物盗りは二人組で、一人は武家、一人は町人であると考えるのが妥当と思われる、とは、調書を書いた者の見たところだ」

「そうだろうと思いやすです」鍋寅が腰掛けに尻をのせたまま、首を突き出して言った。

「惣兵衛と桑は袈裟懸け。末吉だけが刺し傷。これは、二人組と見て間違いないでしょう」河野が言った。

「恐らくは行きずりの者の仕業ではあろうが、念のためにと、《若狭屋》に恨みを持っていた者がいないか、調べてある。同業の者や客筋、店を辞めた者を調べたが、それらしい者は浮かんで来なかったらしい。倅殿が言うように、親父殿の商売は、きれいなものであったようだ。

事件の後、店を《越後屋》に売った。店を買い叩くために、仕組んだことかとも考え、《越後屋》についても調べてあるが、こっちもきれいなものだった、とある。

ともに殺されていた二人だが、末吉は七つの時に、《若狭屋》に小僧として入り、以来店の者に可愛がられていたらしい。父親を三つの時に亡くし、母親は針仕事をしている。《若狭屋》には、御内儀の着物を仕立てたのが縁で入った、と書かれている。

もう一人の粂だが、粂という名と住まいは、夜鷹仲間から分かった。住まいは、中之郷横川町。業平橋の近くだな。遺体の引き取り手はなし。三ノ輪の浄閑寺に葬ったそうだ。引き取り手はなかったが、決まりだからな、後で縁者が現れた時のために、塒にあった位牌と、身に付けていた簪と小袖を奉行所が引き取り、蔵で預かっている。巾着は持っていなかった。盗られたものと思われる。位牌の文字は読めず、簪もどこの誰が彫ったものか分からなかったらしい。簪の柄は丑だそうだ」

「丑年生まれだとすると……」

「明和六年己丑なら三十四歳だ。それっくらいの年回りだそうだ」

「仲居頭をしていた福から聞いたのですが」

と申泉が咽喉から絞り出すようにして言った。

「父の巻き添えで殺された末吉の母親は、次の年、首を括って自害したそうです。独り子を亡くして気の毒にと、母が福に香典を言付けて行かせた時は、心を強く持って生きてゆく、と言っていたそうなのですが、耐えられなかったのでしょうね」

申泉が、憎いです、と言って嗚咽を漏らした。

「許せません……」

「任せろ、と胸を叩ける程の自信はねえが、やれるだけのことはやってみよう」

福を始めとして《若狭屋》の当時の仲居や番頭らの住まいと、江戸での寄宿先を聞いて、申泉を帰した。申泉はくどい程、頭を何度も下げて詰所を出て行った。

「何からやりましょう?」鍋寅が訊いた。

「先ずは、仲居や番頭たちだ。物盗りにしては、ちょいと引っ掛かる。武家と町人が組んで、三人も殺しているんだぜ。懐の金と言っても、三人とも大金を持ち歩いていた訳でもねえ。恨みに絡んだ何かがあるかもしれねえ。お店の中に、恨んでいたのがいなかったどうか、一応当たってみようじゃねえか」

「そうと決まれば、出掛けやしょう」

鍋寅が拳で掌を叩く真似をし、勢いよく言った。

「待ってくれ」

と、河野が皆に言った。

「四年前に、この一件の調書を書いたのは、新治郎殿だ」

えっ、と呟いて鍋寅らの動きが止まった。

「皆も知っているように、新治郎殿は調べに手を抜く方ではない。親父殿より緻密でもある。それは、先程からの調書を聞いていて分かると思う。恐らく、調べても、書かれていた以上のことは出て来ないだろう。だが、手を下した者どもが見付かっていないということは、何か見落としが、見落としと言えないような僅かなものかもしれぬが、あるはずなのだ。それが何かは、まだ分からない。皆、心して探索に当たってくれ」

「そういうことだ」と伝次郎が言った。「この江戸のどこかに、其奴(そやつ)どもはいる。引っ括(くく)ってやろうじゃねえか。手を貸してくれ」

鍋寅が、掌で鼻を擦(こす)り上げ、てやんでえ、と言って叫んだ。

「やってやろうじゃねえっすかい」

「頼むぞ。私は、調書を見直し、糸口となりそうなものを探してみる」

河野は、伝次郎らを見送ると、文机に調書を広げ、頭から読み始めた。


七ツ半（午後五時）――。

「もう歩けねえ」

と喚(わめ)きながら詰所に戻って来た伝次郎らに、河野が成果を問うた。

「駄目(だめ)だ。目新しいことは何もねえ」近からもらった茶を飲み干すと、伝次郎が河野に訊いた。「そっちは何か見付かったか」

「何となくですが、もやもやと見え始めています」

「そいつはすごいじゃねえか。聞かせてくれ」

河野は鍋寅を呼んだ。湯飲みを手に、ひょこひょこと鍋寅が框に座った。

「よいか。今、お前は、金に困っている、とする」

「その通りで」

隼が鍋寅の脇腹を突っついた。

「相済みません。どうぞ」

「金を盗ろうと待ち構えているところに、羽振りの良さそうなのが来た。其奴を襲い、斬った。が、手に入れた紙入れの中身は少なかった。お前なら、どうする？」

「また、金を持っていそうな奴を狙いやす」

「そうだ。それが普通だ。だが、《若狭屋》の一件前後に、それらしい物盗りは出ていない」

「殺しちまったので、こりゃいけねえってんで、穴蔵に潜り込んじまったとも考えられやすが」

「そうなのだ。それがあるゆえ、強くは言えぬのだが、しかしな、金欲しさに襲ったところ、偶々その場に三人いたので、続けざまに皆殺してしまったというのも、考えづらくてな。二人組ならば、誰か来やしないかと、一人は見張りに立っているだろう」

「物盗りではなく、殺すのが目的だったとしたら、どうなんでしょう？」隼が言った。

「だが、恨みは買っていねえようだぞ」伝次郎が言った。

「そこなんですよね」河野が腕を組み、首を傾げた。

「どうだ、少し飲んで帰らねえか」

伝次郎が河野を誘ったが、屋敷に戻って、もう一度調書を読み直すので、と風呂敷を広げ始めてしまった。伝次郎らは、染葉が戻るのを待って、少しだけ飲むことにした。

染葉は四半刻後に詰所に帰って来た。こちとら咽喉が引っ付いちまってるんだ、と休む暇も与えずに竹河岸の居酒屋《時雨屋》に移った。

「俺たちは飲む。隼は食え。染葉は休んでくれ」

伝次郎と鍋寅と半六は、銚釐の酒をぐいぐいと空けている。

色の黒い職人風体の男が、小銭を折敷に置き、立ち上がった。

「お帰りですか。またどうぞ」女将の澄が客を表に送って戻って来た。

「旦那。ねえ、旦那」と笑いながら、伝次郎の袖を引いた。

「何でえ？」

「今のお客、見ました？」

「ちらっとな」

「初心なんですよ。あんな鬼瓦のような顔をして」

「どうしたんだ？」

「お春に気があるんですけど、それを言えなくて、あたしにばかり話し掛けて。だから、お春ったら、あたしに気があるんじゃないかって……」

伝次郎の中で何かが閃いた。狙いは《若狭屋》ではなかったんだ。

「それだ」

「何が、でございます？」

「こっちのことだ」

聞いてくれ、と染葉を呼んだ。鍋寅と隼と半六にも、耳を貸せ、と強い口調で言った。

「いいか。耳の穴ぁかっぽじって、よく聞くんだぞ」

伝次郎が話し始めた時、河野も組屋敷の己の部屋で、叫び声を上げていた。

「狙いは《若狭屋》ではなく、桑の方かもしれぬ」

河野は短い文を認めると、二ツ森伝次郎の組屋敷目指して小路を走り抜けた。

五ツ半（午後九時）を幾らか過ぎた刻限に組屋敷に戻り、隠居部屋の戸を開けていると、母屋（おもや）の雨戸が開き、新治郎が顔を出した。

「お帰りなさい。先程、河野様が見えられて、文を預かっております」

「おう、そうか」

受け取りに行こうとすると、お持ちします、と押し止めるように言う。丁度いい。

「少し話があるので、そうしてくれるか」

新治郎が来た。河野の文を開くと、簡にして潔、『桑が目当ての仕業かと　道』とのみ書かれていた。

新治郎に見せた。

「これは……」

「四年前、《若狭屋》惣兵衛が物盗りに遭って殺された一件だ」

調べるに至った経緯を話した。

「しかし、幾ら調べても《若狭屋》からは、何も出て来ない。で、これは、と思ったのだ。桑ではないか、とな」

「桑も調べましたが、殺されなければならぬようなことは、何もございませんでした」

「位牌や簪まで調べたようだな」

「はい……」

そなたの調書はよく書けていた、と伝次郎は言った。恐らく俺が調べても、あれ程の念入りな調書は書けなかったであろう。続いて伝次郎は、だが、と言った。

「あれから四年が経っている。何か探り出せるとすれば、今かもしれぬぞ。この四年の歳月がものを言うんじゃねえか」

「…………」

「あの時は、思い出せなかったとか、恐くて言えなかったことが、夜鷹仲間から聞き出せるかもしれねえ。俺はそこを突いてみようと思っている」

「お手伝いさせていただけませんか。あれは、私が手掛けた一件です。《若狭屋》の御内儀や、末吉の母親を、つらく悲しい思いのまま逝かせたことは、悔いとなって残っているのです」

「気持ちは分かるが、桑を狙ったのか、まだ確かなことではない。もう少し、俺

「では、正次郎をお使いください。飯さえ食わせておけば、四、五日寝かさなくても大丈夫です。奉行所の方は、私が適当に言っておきますので」

「必要になったら使わせてもらうが、何だな、俺の物言いに似ているぞ」

「当然です」と新治郎が言った。「親子でございますゆえ」

たちで詰めてみる」

三

十一月七日。

出仕した伝次郎らは、近が淹れてくれた茶を手にして、河野のぐるりを取り巻いた。染葉も新治郎も、新治郎の手先である堀留町の卯之助も加わっている。

「俺は勘で桑に辿り着いたのだが、河野には、きちっとした考えがあるはずだ。教えてくれ」

「きちっとしているかは分かりませんが、桑に行き着いた筋道をお話しします」

茶で咽喉を湿らせると、河野が話し始めた。

「第一には、《若狭屋》には恨みを買った様子がないこと。陥れようと狙う者もいなかったと思われること。第二には、《若狭屋》の一件の前後に、武家と町人の二人組による物盗りが、起きていないという事実です。

　ここから導き出される答えは、一、あの一件は、偶々虫の居所の悪かった者が犯行に及んだだけで、紙入れの中身は序でにいただいたものである。二、人違いだった。しかし、この二つには、いかにもそうだと思わせる力はない。では、考えられる第三の答えは――。

狙いは《若狭屋》ではなく、夜鷹だった。巻き添えになったのは《若狭屋》の方だった。そう考えると刀の斬り口が頷けるのです。

　私たちは、《若狭屋》は逃げようとしているところを、桑は立ち竦んでいるところを斬られたと思い込んでいました。殺されたのが夜鷹一人だけならば、試し斬りとも考えられますが、夜鷹と料理茶屋の主が殺されていたら、まさか夜鷹の方を狙ったとは考えもしませんからね。ところが、逆だとすると、桑は目の前に現れた賊を客かと思い、近付いたところを斬られ、それを見てしまった《若狭屋》は逃げようとしたところを斬られた。刀の傷痕の辻褄は合います。また小僧ですが、これは賊の片割れに匕首で殺された。刀の遣い手ならば、刺さずに斬るはずです。しかし斬られたのではなく、刺された。しかも腹を二度というところが、いかにも匕首を使い慣れた者を思わせます。

　では、何ゆえ夜鷹の桑は殺されねばならなかったのか。そこのところは、残されている調書からは分かり兼ねます。横紙破りの二ツ森さんの出番かと存じます。

　しかし、ここまでの話は確証のあることではないので、間違っているかもしれません。それをお含み置きください」

「いや、調べる価値はある。今は、河野先生の説を追ってみよう」四年前、と伝次郎が言った。「新治郎も、桑を詳しく調べていた。当時は何も出て来なかったが、四年という歳月が人の口を緩めてくれるかもしれねえ。昨日も新治郎に言ったんだが、そこに賭けてみようじゃねえか」

「よろしくお願いいたします」新治郎が皆に言った。

　鍋寅らが一斉に頭を下げた。

「では早速、隼と半六に動いてもらおう」

　へっ、と声に出して隼と半六が顔を見詰め合った。

「桑の遺した品が蔵にあったな？　場所を教えてやってくれ」

　伝次郎が新治郎に言った。

「付いて来い。鍵をもらってやる」

新治郎は、茶を啜っている河野に、学ばせていただきました、と礼を言い、父上、と伝次郎に言った。

「大詰めになりましたら、必ずお知らせください」

「分かったから、鍵を渡したら、持ち場に戻れ」

新治郎と卯之助が、詰所の皆に頭を下げて出て行った。隼と半六が続いた。


蔵の中は埃に塗れていた。

頭と口許に手拭いを巻き、俄仕立ての泥棒のような姿をした隼と半六が蔵から出て来たのは、半刻程経ってからだった。

二人とも平仮名と簡単な漢字は読めるのだが、難しい漢字には歯が立たなかった。新治郎に書いてもらった、

『享和二年壬戌　十月二十二日　若狭屋一件　桑』

の紙片と、縄で縛られた紙包みの表に貼られた文字を見比べながら探したので手間取ってしまったのだ。

戻って来た隼の頬に涙の跡を見付け、伝次郎が訊いた。

「どうした？」

「悔しいんで」

中身を出して、見ていてくれ、と河野と鍋寅に頼み、隼に訳を訊いた。詳しく話してみろ。

隼が、難しい漢字が読めないのだと言った。平仮名さえ読めれば困りはしない、と爺ちゃんが言ったし、周りの子たちも平仮名で手習いを止めたので、おれもそうしたんですが、それではお役に立てねえんで。

「分かった。何とかしてやる」

「本当ですか」

「泣く程のことか。伊都に習え。あいつは間が抜けているが、丁寧に教えてくれるだろう」

伊都は、新治郎の妻女であった。

勿体ねえです。それに、と隼が言った。御新造様では恥ずかしいし、通うとなると……。

「それもそうだな……」

詰所を見回すと、近がいた。近は《布目屋》の内儀だった女だ。手習いの手ほどきなど、造作もないことだろう。近に訊くと、二つ返事で引き受けてくれた。暇な時に、ここで習えばいいんじゃないかね。半六にも声を掛けたが、逃げ回っている。

「旦那、駄目でやすね」鍋寅が広げた小袖を畳みながら言った。包みから出された品は、調書に書かれていた通り、位牌と、身に付けていた簪と小袖だけであった。引き取り手が現れなければ、事件から五年を経れば処分されることになる。来年の十月である。

位牌の文字は、やはり薄れていて読めなかった。小袖にも、縫い込んでいるものはなかった。簪を手に取り、近を呼んだ。

「こいつは、いいものか」

「ちょいと拝見」

近は簪を表裏繰り返し見てから、いいものですね、と言った。

「こう言ってはなんですが、夜鷹の持つ品ではないと思います。ここをご覧になってください」

と、丑の蹄の横を指した。

「十と彫られているでしょ。もしかすると、これは伊勢町の《十文字屋》さんのお品かもしれません」

伊勢町は、近のいた堀江町の目と鼻の先である。買ったことはあるのか、訊いた。

「ございませんが、見たことはあります。確か十と彫られていたような気がするのですが」

「ありがとよ。行って確かめて来よう」近に言い、振り向いて鍋寅らに言った。

「箸が終わったら、桑の長屋だ。行くぞ」

「畜生(ちくしよう)。忙しくなって来やがったぜ」

鍋寅が掌を擦り合わせ、伝次郎に続いて詰所をすっ飛び出して行った。空(から)になった土間を見ていた染葉が、一呼吸おき、膝(ひざ)を叩いて立ち上がった。

「俺も行くかな。何だか、朝から毒気を抜かれてしまったわ」

文机に向かっていた河野と近が、思わず笑い声を上げた。

玉砂利を踏み締める音が遠退(とおの)くと、それに駆け寄る音がした。旦那ぁ、と染葉が手札を与えている稲荷橋(いなりばし)の角次(かくじ)の声が飛んでいる。何だと。染葉の声はそこで途切れた。大門を出たのだろう。

「お茶を淹れますか」近が河野に訊いた。

「熱いのをお願いします」

「はい」

河野が、茶を淹れている近に、隼に書を教えるのか、と訊いた。

「私でもよろしいでしょうか」

「近さんなら大丈夫です。私が言いたいのは、そういうことではありません。字が読めないからと泣き、教えてくれ、と言える。その心が好ましいと思ったのです」

「あの娘は、いい子です。真っ直ぐに前を見ています。先々、あの気性に惚れ込む方にもらわれることになればよいのですが」

「そうですね」

湯飲みから立ち上る湯気が、ゆらっ、と揺れた。

伝次郎らは、江戸橋を渡り、伊勢町堀に沿って北に進んだ。鼈甲櫛笄簪所《十文字屋》は、正面に見える道浄橋の手前にあった。

御免よ。鍋寅が威勢よく暖簾を分けて、中に声を掛けた。

「手間ぁ取らせて済まねえが、ちいと教えてくんない」

こちらは、と伝次郎の名を出し、主か番頭を呼んでくれるように手代に頼んだ。主と番頭が揃って出て来た。

「店先を騒がせて済まないが、見てもらいたいものがある。これだ」

懐から桑の簪を取り出し、主に見せた。

「これは、こちらの品ではないか、と聞いたのだが、覚えはあるかい？」

主は仔細に見てから番頭に渡すと、首を横に振った。

「手前どもの品ではございません」

番頭も同じことを口にした。

「丑の足許に十と彫られているが、こちらの印ではないのか」

「確かに手前どもも十の印を彫り付けますが、形が違うのでございますよ」

主が簪を持って来るように手代に言い付けていると、番頭が、これは、と主に言った。

「前にも……」

あっ、と声に出した主が声を潜め、殺された方が持っていたというお品でございますか、と伝次郎に訊いた。

「何で知っている？」

「お調べにいらしたんでございますよ。何年前になりますか。八丁堀のお役人様が、手前どもの品ではないか、と」

「二ツ森新治郎と言ったか」

「そのようなお名でございました」二ツ森という苗字で気付いたらしい。「もしかすると……」

《十文字屋》までは辿り着いていたのだ。

「そっちは後だ。それで、何と答えた？」と伝次郎が訊いた。

「《十文字屋》の名を騙る偽物だと申し上げました。偽物ではございますが、なかなかの出来で、舌を巻いた覚えがございます」

「どこの誰が彫ったかは？」

「とてもとても……」

「そうか……」

主に言われ簪を持って来ようとしていた手代が、座り、奥に向かって手を突いた。何ごとかと見ると、御年九十は超えていそうな老爺が手を引かれて店に現れた。

「父でございます」主が言った。

にこにこと店の中を見回していた先代が伝次郎らに目を留め、何かと手代に訊いている。そうかい。顎（あご）を前に振った。こちらに来るらしい。ゆるりと足を運び終えると、当代の横に座り、ご苦労様でございます、としっかりとした口跡（こうせき）で言った。

伝次郎は腰を上げ、店先での不調法を詫（わ）びた。何分（なにぶん）、調べのためゆえ、お許しを願いたい。

「あたしにも見せていただけますかな」

簪を渡した。先代は、目を細めて仔細に簪を見ると、いやいや、と言った。

「流石（さすが）によい出来でございますな」

「おとっつぁん、それは……」

「安心おし。出来はよくても、これでは売れない」

「それは、どうしてなんだか、教えてくれるかい？」伝次郎が訊いた。

「抜けがないのでございますよ。あまりに上手（うま）過ぎるのですな。若い娘が、髪に生きたような丑の飾りを挿（さ）そうと思いますか。欲しがるものは、可愛いものでございましょう。その辺りのことが、どうしても分からないのですな。まだ、このようなものを彫っているのですか」

「もしかすると、これを彫った飾り職に心当たりが?」

「ございますよ。手前が若い頃は、ここにもよく顔を見せておりました。そうでございますね。四十年ばかり前になりますか」

名を訊いた。

「喜十でございます」

「その喜十の住まいを、いや、昔ので構わない。覚えちゃいねえかい?」

「それは無理と言うものです。手前は、それ程物覚えはよくございません」

名を覚えていただけで、大助かりなのだと言い、喜十の年を訊いた。

「手前より五つ六つ若かったから、八十の半ばでしょうか」

「息災だろうか」

「それは分かり兼ねますが、目と手を使いますから、長生きの者が多いようでございますな」

「探してみよう」

礼を言って、《十文字屋》を出たところで隼と半六に、手分けして自身番と飾り職と簪を商っているお店を片っ端から当たり、喜十の住まいを探すように言った。

「半六は神田堀界隈、隼は浜町堀界隈だ。俺たちは、桑のいた長屋まで行って来る。夕七ツ（午後四時）に詰所で落ち合おう。無理はするなよ」

隼と半六に昼飯代を渡し、三方に散った。

桑の住んでいた中之郷横川町の長屋は二年前に取り壊されており、店子たちは散り散りになってしまっていたが、大家と店子の一人に会うことは出来た。二人とも桑とは親しい付き合いをしていなかったため、役に立つ話は何も聞けなかった。分かったことは、寛政十年の冬頃から殺された享和二年まで、一人でひっそりと暮らしていたということだけだった。

空きっ腹に蕎麦を流し込んで詰所に帰ると、程無くして半六が潮垂れて戻って来た。一人である。隼はまだ、浜町堀界隈を当たっているらしい。四半刻が経った。玉砂利を駆けて来る威勢のいい音がした。

んっ、と伝次郎が鍋寅らと顔を見合わせていると、喜色を満面に湛えて隼が戻って来た。

「見付けました。住吉町の《権兵衛店》におりやした」

「生きていやがったか」

「ぴんぴんしているそうです」

「よしっ、まだ走れるか」

「おれは走れますが、肝心の喜十がおりません。大家の話だと、江ノ島まで弁財天詣りに行っていて、明日の昼過ぎにならねえと帰って来ないそうなんで」

「となれば、明日だ。よくやったぞ。半六もだ。二人には美味いもの食わせねえとな」

「腹ぁ減りました」隼が腹をさすった。

「何も食わなかったのか」伝次郎が訊いた。

「その暇が惜しくって……」隼が額をもそもそと掻いた。

半六は、蕎麦を食ったが減っている、とこっちは月代の辺りを掻いている。

「弱ったな。何かあるか」

近に訊くと、奥の手がございます、と答え、裏口から抜け出した。待つ間もなく、握り飯を四つと沢庵漬けを皿に乗せて持って来た。

「その裏技を、よく知っていたな」伝次郎が言った。

奉行所では、賄い衆の女によって、いつでも食べられるように、と飯が炊かれていた。宿直の者の夕餉と朝餉、更に、ふいの捕物出役に備えてのことである。

それを少し分けてもらって来たのだ。

「若様に教えていただいたのです」

「あいつか」

伝次郎が隼を呼んだ。握り飯を皿に置き、指先に付いた飯粒を齧(かじ)り取りながら伝次郎の前に立った。

「指を見せてくれ」

「でも、べたべたしていますが」

「構わねえ」手首を取り、爪を見た。短く刈り込まれている。「短いな」

「邪魔ですから」

「仕方ねえ。出汁(だし)くらいは取れるだろう。指を洗え」と湯飲みを差し出した。

「旦那。こりゃ、湯飲みですが」

「だからだ。早くしろ」

へい。隼が、親指と人差し指と中指を湯飲みに入れ、こちょこちょと擦って洗った。

「おう。それでいい。ありがとよ」

近を呼び、正次郎が来たらこれに茶を足して飲ませてくれ。

「そんな……」

「いいんだ。隼の爪の垢(あか)を煎(せん)じて飲めば、ちったぁしゃんとするはずだ」

思わず隼が、握り飯の残りを口の中に押し込んだ。半六が二個目を食べている。隼は二個目に手を出そうとしない。食べないの。半六が目で訊いた。もう、いらない。目で答えた。ならば、いただくぜ。伸ばした半六の手を叩き、食べる、と言って隼が二個目にかぶり付いた。

と同時に、表の戸が開いた。正次郎が覗(のぞ)き込んでいる。

「おやおや」と正次郎が言った。「皆さん、お揃いで」

正次郎は目敏(めざと)く隼と半六の手許に目を遣(や)り、いいことをしていますね、と言って入り込み、腰掛けに座った。

「遅くまで大変だったな。また、繕(つくろ)いか」

例繰方に配属されてからは、刑罰の次第が克明(こくめい)に記されている『御仕置裁許帳(おしおきさいきょちょう)』の補修に駆り出されていた。

「はい。でも、お裁きのあれこれが読めるのでためになります」

「いい返事だ。茶でも飲め。淹れてやってくれ」

近の動きが鈍(にぶ)い。早く淹れてやれ。伝次郎に言われ、近が茶を持って来た。

「いただきます」正次郎が、ふうっ、と吹き、くいっ、と飲んだ。

「美味いか」

「はい。丁度飲み頃です」

「明日は非番だったな？」

「いいえ、明後日(あさって)です」

「そうだったか」伝次郎は日を数え、まあいい、と言った。「親父の許しは得ている。明後日は手伝ってもらうぞ」

「お任せください。何だか燃えているんです」

「実(まこと)か」

「はい」

「恐ろしく効き目の早い奴だな」

「はい？」

　隼と半六が飯粒を噴き出した。

四

十一月八日。

伝次郎らは、霊岸島から行徳河岸、小網町と見回って、頃合を見て、住吉町の《権兵衛店》を訪れた。

飾り職の喜十は丁度江ノ島から帰って来たところで、大家と相長屋の者に土産の貝細工を配っているところだった。

「大層なもんじゃござんせん。日頃、こちこちとお耳障りな音を立てているお詫びでござんすよ」

いかにも職人らしい、歯切れのいいきびきびとした物言いが、戸口から戸口へと移っていた。

「済まねえ。喜十さんだね？」伝次郎が訊いた。

「昨日お見えになったとか？　こっちこそ申し訳ありやせん。二度手間になっちまったようで、大家さんから聞きやした。で、あっしに一体何の御用で？」

いえね、大家の権兵衛さんは気が小せえもんで、昨日から震え上がっちまってるんでやすよ。喜十が目で探りながら言った。

「簪なんだが、おめえさんの作ったものか、見てもらいたいのだ」

「そんなことでしたら、大家さんとこでいいですか。一部始終を見てもらっている方が、後々都合がいいもので」

「構わねえよ」

では、と喜十が先に立ち、長屋の木戸脇にある大家のお店の裏戸を叩いた。大家のかみさんなのだろう。年寄りが戸を開け、喜十と伝次郎らを見た。

「済まねえ。あっしんとこは掃除もしてねえから、客を上げられねえんだ。大家さんとこは立派だから、ちいとの間、使わせてくれねえかな。権兵衛さんにも聞いていてもらいてえし」

「うちだって汚いけど、ま、お上がんな」喜十に言い、奥に声を掛け、愛想笑いを浮かべて、どうぞ、と伝次郎らを狭い土間に招き入れた。

土間の隅には、瀬戸物が堆く積み上げられている。引っ掛けないように刀を抜き取り、板の間に上がった。

何の話かと、権兵衛は金壺眼を懸命に見開いている。

「早速だが、簪を見てもらいてえんだ」

伝次郎は、丑を彫り込んだ簪を出し、喜十に手渡した。

「見るまでもござんせん。これは、あっしが彫ったものでございやす。丑を、と頼まれた仕事でしたので、よっく覚えておりやす」

「立派な品だ。安いものじゃねえ。そこで、こいつを買った者について訊きたいんだ」

「どこの誰だか、お知りになりたいのでやすね？」

「いいや。桑って名は、分かっている。尤も本当の名かは分からねえが」

「桑でございますか……」喜十は首を傾げると訊いた。「その方が、どうかした
んで？」

「殺された。四年前にな」

権兵衛がひいっ、と言い、かみさんが湯飲みを一つ取り落とした。

「桑という方にお譲りした覚えは、ございませんが」

「では、誰に売ったんだ？」

「《美作屋》さんのお嬢様でございやす」

「はっきり言おう、殺されたのは夜鷹だ。その夜鷹が髪に挿していたのが、その
簪だ。《美作屋》の娘の名は？」

「お光様です」

「光が桑ということは？」

「お天道様が西から昇って東に沈もうと、あり得ねえ話でさあ」

「《美作屋》は、今もあるのか」

「ございますです」権兵衛が言い、かみさんが頷いた。

「橘町一丁目。直ぐでやす」喜十が言った。「今から参りやしょう。あっしも、気になって来やした」

「願ったりだ」

かみさんが淹れた茶をがぶりと飲んで、大家の家を出た。

煙草(たばこ)問屋《美作屋》は、浜町堀に架かる千鳥橋の東詰にあった。

「ここか……」

伝次郎らも店構えに見覚えはあったが、揃って煙草問屋があるな、と見るばかりで、屋号は見落としていた。

「いかん、焼きが回って来たな」

と伝次郎と鍋寅が肩を落としている後ろで、隼と半六が、ここだ、ここだ、と言っている。

「てめえら、しゃんとしねえか」

鍋寅が叱り飛ばしたが、何で叱られたか、二人には分からないようだった。話すと己の衰(おとろ)えを語ることになるので、伝次郎は肩を怒らせ、喜十の後に続いた。

「御内儀様は、お出でしょうか。手前は、飾り職の喜十と申しまして、先代様には大層贔屓にしていただいた者でございます」

喜十が下がって行く手代の背を目で追いながら伝次郎に、こちらとは、先代が亡くなられてからは御無沙汰なんでやすよ、と小声で言った。

内暖簾を分け、奥から御内儀の光が出て来た。赤い珊瑚玉の簪が、黒い髪によく映えていた。喜十が再び名乗り、無沙汰を詫び、伝次郎を案内してきた訳を話した。

「どのような簪でしょう?」

光に見せた。掌に乗せると、直ぐに顔を起こし、あたしのものでした、と言った。

「ですが、ずいぶん昔に知り人にあげました」

「どなたにでやすか」鍋寅が訊いた。

「仲良しだったお桑ちゃんですが……」

「その桑ちゃんについて、覚えていることを聞かしちゃくれやせんか」

「お桑ちゃんに何か」

鍋寅が伝次郎を見た。

「四年前になるが、殺された」伝次郎が言った。

「まあっ……」と驚いた後、では、と言った。「その時までは、生きていたのですね……」

光の声に驚いて、見世の中が静まり返った。店の主らしい男が、腰を屈め、そっと光の背後に寄った。上がっていただきなさい。

見世奥の一室に通され、光の話を聞いた。

「お桑ちゃんとは、お針の稽古で仲良くなりました。同じ丑年生まれということもあってか、よく遊びに来たりしていたのです。

お桑ちゃんの父親は、上絵師さんでした。紋書き屋さんですね。腕がいいと評判だったと聞いたような覚えがございます。

住まいは、久松町の裏店で、確か《与五郎店》と言っておりました。

お桑ちゃんは十八の春に嫁ぎました。はっきり覚えているのは、その年が丙午だったからです。あたしは父が縁起担ぎだったもので、翌年に延ばして婿取りをしました。婿は、先程見世にいた当代の《美作屋》です。お桑ちゃんの連れ合いは、四つ年上で、酉年生まれの酉蔵さん。元結の職人でした。

そのお祝いにと、お桑ちゃんも丑年生まれだから簪をあげたのです。こんな高価なものを、と遠慮されましたが、身に付けていた大切なものだからこそ、あげたかったのです。それがお桑ちゃんがあたしの簪を持っていた訳です」

伝次郎が話を続けるように、と言った。

「お桑ちゃんたちは、久松町とは浜町堀を挟んだ向側の富沢町に住み、幸せそうに暮らしていましたが、それも束の間のことでした。亭主が博打に狂い、五年後に刺されて死んだのです。

幸か不幸か、子供がいなかったので、また久松町の二親の許に戻りました。何とか落ち着いたか、と思った頃、お桑ちゃんの父親が仕事を回してもらっていた呉服問屋さんと喧嘩して、赤坂田町に移りました。そっちに、腕を認めてくれている呉服屋さんがあったそうなんです。

ところが、三年後の一月、麴町から出た火で二親が焼け死んでしまったのです。一人残されたお桑ちゃんは、佐久間町に越しました。そこで、また火事に遭って……。寛政九年十月二十二日の火事です……」

「ありゃあ、すごかった」と鍋寅が言った。「あんな火事は滅多にねえ。あのだだっ広い大川を、飛び火が越えて行きやしたものね。ああっ、ああっ、あぁーって叫びながら見てやした……」

「そうでした。あたしもただただ茫然としていました……。その後、お桑ちゃんの行方が分からなくなってしまったのです。だから今日まで、お桑ちゃんは、あの火事で死んだとばかり思って、その日にお線香を上げていたのです……。お桑ちゃんは、あれからどこで何をしていたのですか」

伝次郎は眉を指先で掻いてから、いずれ分かるかもしれねえから、と夜鷹だったことを話した。

背を波打たせて泣く御内儀を残し、伝次郎らはお店を出、そこで喜十と別れた。

「火事に遭ったのが寛政九年の十月二十二日。殺されたのが、五年後の十月二十二日。何だか、十月二十二日に祟られてはいるが、命日には線香を上げてもらっていたことになるんだな」

「よっぽど仲がよかったんでしょうね」半六が目許を拭いながら言った。「身に付けていた簪をあげたんですからね」

「かもしれねえが、それだけではないかもしれねえぞ」と伝次郎が歩きながら言った。

「御内儀の挿していた簪を見たか」鍋寅が隼に訊いた。

「赤い珊瑚玉でした……」

「《十文字屋》の隠居が言っていただろう。可愛くない丑なんぞ、若い娘っ子は使わない、と。仲がよかったのは本当だろうが、気に入らないのをあげただけ、とも考えられるってことよ」

「おれは嫌です」隼が言った。「そんな人の心の奥を探るような、そして悪く取るようなのは、おれは嫌です」

「済まねえな、隼」と伝次郎が言った。「俺たちは、長いこと、裏ばかり読んで来ちまったからな。だがな、人の心は一色では出来ちゃいねえ、ってことだけは覚えといた方がいい」

「へい……」

伝次郎が行き、鍋寅が行き、その後から半泣きの半六と隼が続いた。

例繰方に調べを頼んだところ、桑の亭主の酉蔵は、確かに寛政三年に殺されていた。例繰方の使いとして詰所に来た正次郎は、張り切って調書を読み上げ、「酉蔵を殺したのは」と言った。「上州無宿の巳之吉ですから、酉が巳に殺されたのですね」

しかし、誰も笑わなかった。近を見た。首を小さく横に振っている。河野を見た。文机に向かっている。

「明日は、夜鷹の元締に会いに本所に行く。供をしろよ」

「はい……」

正次郎は、そっと調書を抱え、例繰方に戻った。

「酉蔵が命を落とさなければ、桑のその後は違ったものになっていたんだろうな……」

「男は馬鹿です」隼がぽつりと言った。

十一月九日。

伝次郎らは、新大橋（しんおおはし）を渡って竪川に出、三ツ目橋で北に折れた。

「江戸の夜鷹を仕切っている勢力は二つある」と伝次郎が正次郎に言った。「一つはこれから行く吉田町（よしだちょう）、もう一つは四ツ谷鮫ヶ橋（よつやさめがばし）を根城にする連中だ。柳原（やなぎわら）の土手はその両方が取り合っているところだが、和泉橋辺りは吉田町の勢力が強いのだ……」

「旦那」鍋寅が伝次郎の背に貼り付くようにして言った。「前をご覧くださいやし」

引き戸門を開け、ぶらりと出て来た男が立ち竦んでいる。鎌吉だった。

門の上に松の枝先が覗いていた。御家人・難波騎一郎の屋敷だった。やはり、ここを塒にしているという訳か。町方では、御家人屋敷には、おいそれと入れない。厄介だな。

「おめえ」と伝次郎は、空惚けて言った。「そんなところで、何をしている?」

「まさか、江戸払であることを忘れたとは言わせねえぞ」鍋寅が片袖をたくし上げた。

鎌吉が出て来た門を振り返った。中から、

「勇ましいことだな」声に続いて、頬のそげ落ちた侍がのっそりと門前に現れた。「俺の連れに、何か用か」

「江戸払の者が旅姿でもなくうろついている。咎め立てするのが、役目でな」

「ここに住んでいるのか」難波が鎌吉に訊いた。

「とんでもねえ」

「と言っているではないか。親の墓参りだと聞いている。今日は植木を見てもらっていたのだ。文句があるか」

「親の名は？　命日は？　寺は？」伝次郎が訊いた。

鎌吉が答えに詰まっている。

「それくらい、すらっと言えるようにしておけ」難波は鎌吉に言うと、「俺の名を訊かぬな？」と伝次郎に水を向けた。

「この辺りで悪と言えば難波殿。お名を知らなくては潜りですからな」

「年寄りの癖に威勢がよいことよ。名は何と言う？」

「二ツ森伝次郎」

「忘れぬぞ」難波が、片頰を歪ませるようにして笑った。

「早く立ち去れ」鎌吉に言い、伝次郎らは通り過ぎた。

「不浄役人が」

声とともに唾を吐き捨てる音がした。

「始末に負えぬ狂犬だな。ああいうのも飼っていなければならないのだから、徳川の御家も大変だ」

伝次郎らは南割下水を渡ると東に下り、北中之橋に出たところで北に曲がった。

「この辺りの裏店には多くの夜鷹が住んでいる……」と伝次郎が声を落とした。

「女たちは、夕刻になると、元締の家に行き、どこで商売するか、指示を受ける。その後、夜鷹屋に回り、襟化粧をし、手拭いや茣蓙を借り、仕事場に散り、また帰って来て、化粧を落とし、売上に応じた金をもらい、塒に戻るんだ……。元気なうちはな」

「病になったら？」正次郎が尋ねた。

「治るうちはまた働き、治らん時は、捨てられる。運のいいのは寺だが、運のねえのは川か海か、ほじくり返した土の中だ」

「惨いですね」

「これから会う連中にまともな奴はいない。いるのは三種類。腐り掛けと、腐ったのと、腐り果てたのだ。気を許すなよ」

「はい……」

法恩寺橋の前で西に折れた。道の南側の清水町は、永尋掛りの同心、花島太郎兵衛を襲った殺しの請け人・赤堀光司郎がいた長屋があったところである。伝次郎らがここに来たのは、八月の暑い盛りだった。

あれから三月か。捕らえた請け人を責め、闇の口入屋の名は鳶と割れたが、隠れ家は蛻の殻で、他には何も分からなかった。赤堀、池永、藤森に七五三次らはすべて、引廻の上獄門に処せられた。殺しの請け人など、割に合わないだろうに、なぜなるのか。それは、夜鷹にも言えた。青菜の尻っぺたを塩漬けにして売れば、お天道様の下を大手を振って歩けるではないか。なのに、なぜ？

道の両側から、いかにも素性のよろしくない面体の男たちが滲むように湧き出して来、道を塞いだ。

「どちらへ？」年嵩の一人が言った。

「俺は南町の戻り舟・二ツ森伝次郎だ。四年前に、和泉橋の近くで殺された桑のことで話を聞きたい。元締か話の通じる者に会わせてくれねえか」

「今日お見えになることは？」

「思い付いたまま来たので、約束はしてねえ」

「元締にお会いになったことは？」

「ずいぶん昔になるが、先代には、定廻りの時に二度会っている。ここでな。当代はお初だ」

「分かりました。少々お待ちを」

年嵩が若いのに、行け、と顎で命じた。その若いのを伝次郎が引き留めた。

「済まねえ。俺は言葉が乱暴でいけねえ。伝える時は、『桑のことで話を伺いたい』と言っていた、というように丁寧な言葉遣いに直してくれ。頼んだぜ」

若いのが年嵩を見た。そうして差し上げろ、とまた顎を振った。

「恩に切るぜ」

年嵩も周りの者たちも、貝のように押し黙り、動かない。そのまま暫しの時が過ぎた。若いのが駆け戻って来た。

「元締が、お目に掛かるそうです」

「では、こちらに」

年嵩が先に立ち、古びた家の門を潜った。玄関までの両側にはずらりと男衆が並んでいる。伝次郎らは、その間を縦になって歩いた。振り向くと、正次郎が隼を前に置き、殿（しんがり）に付いている。見直す思いで玄関に入った。

「お腰のものをお預かりします」

伝次郎と正次郎は大刀を渡し、奥へ向かった。

家の中にも男衆が溢れていた。奥の座敷の正面に、男が座っていた。元締である。元締は、代々銑右衛門（せんえもん）を名乗っている。

「よくお出でくださいました」

「お初にお目に掛かる。二ツ森伝次郎だ」

「存じております。それに、初ではないのです」

「どこかでお会いしましたかな？」

「お言葉を賜ったことはございませんが、以前お訪ねになられた時、手前は」

そこに、と襖の裏を指し、控えておりました。

「その後、永尋掛りが出来たと聞いたもので、《時雨屋》まで見に行ったことがございました。大層楽しそうなお酒のようでした。そこで、お孫さんの正次郎様、鍋町の寅吉親分、お孫さんの隼さん、半六さんの名も覚えました」

「油断がならねえな。流石、当代。切れ者の噂通り、やることに抜かりがねえ」

「恐れ入ります。ですが、そのお言葉、そっくりお返し申します。まさか、八丁堀に戻って来られるとは、正直、驚きました」

「それじゃ、本題に入ろうか」ここは、と言って伝次郎は、座敷を囲むようにいる男衆を見回し、「居心地がよくねえ。手短に話そう」

「相済みません。顔で睨みを利かす商売ですので、人相はよくなりようがないのでございますよ。桑のことでございましたね？」

今頃になって、どうして、と元締が尋ねた。

「これまでは、桑が巻き添えを食ったと思われていた。ところが、そうではないかもしれねえと考えてみたんだ。桑が狙われたのかもしれない、と」

「何か、そう思わせるものが見付かったのでございましょうか」

「だらしねえ話だが、今それを探しているところだ。それで、桑の朋輩(ほうばい)という
か、親しくしていたのに話を訊きたいのだが、会わしちゃくれねえだろうか」

「よろしゅうございますよ」

鉄右衛門の返事には、少しの躊躇(ためら)いもなかった。

「桑は決していい働きをしていた者ではありませんが、ここから商いに出ていた
者です。仇(かたき)を討っていただけるのなら、手前どももお手伝いさせていただきま
す。いつまでに、揃えればよろしいでしょうか」

「早ければ早い程助かる」

「二日後ではいかがでしょう?」

「十分だ」

「法恩寺橋を渡った南本所出村町(みなみほんじょでむらまち)に《ねずみ屋》という煮売り酒屋がございま
す。そこに、昼八ツ（午後二時）に」

「承知した。しかし、《ねずみ屋》とは面白い屋号だな」

「大して面白くはございません」

鉄右衛門が目だけで笑った。

「虫だけでなく、ねずみも夜鷹の餌でございますから」

五

十一月十一日。

伝次郎と鍋寅らは、約束の刻限に法恩寺橋を渡り、《ねずみ屋》に出向いた。《ねずみ屋》は人に問うまでもなく、直ぐに分かった。戸口前の明樽に、若い男衆が二人腰掛けていた。伝次郎らに気付くと一人が立ち上がり、店に走り込んでいる。

用心深えな……。伝次郎は目顔で鍋寅らに告げた。

《ねずみ屋》の板葺きの屋根の上には、重しの石が異様にたくさん置かれていた。倒れた時には、却って危ないのではないかと思うが、口出しすべきことではない。

男衆に促されて暗い土間に入ると、奥へ、と先に飛び込んでいた男衆が手で示す。一言も話さないのが、癇に障った。殊更でかい声で、

「ありがとよ」

礼を言い、進むと、そのまま店の裏に出た。裏に小屋があった。小屋の戸が開いている。中から二日前にいた年嵩の男が出て来た。

「お待ちしておりました。どうぞ」

中は、広い土間になっており、明樽と脚付きの台が置かれているだけだった。

樽に女が三人座っていた。

「右から、千代(ちよ)、由(ゆう)、染(そめ)と申します。何を訊いても構いません。お邪魔でしょうから、手前は外におりますので、御用の時はお呼びください。これは言わなくてもよいことなのですが、声を潜めても外まで筒抜けになっております。それはお含みおきください」

「分かった。お前さんの名は？」

「岩熊(いわくま)と申します」

岩熊が戸の外に出て行った。千代と由は下を見ている。染が、隣の由を肘(ひじ)で突いた。

「気詰まりだろうが、許してくれ」と伝次郎が白髪(しらが)頭を下げた。「これも桑の仇討ちと思って、知っていることは何でも聞かせてくれるとありがてえんだが、どうだ、桑のことで何か覚えていることはねえか。誰かに恨まれていたとか」

「恨まれるという人ではなかったけど……」左端の染が言った。

「あの噂のこと……？」真ん中の由が、上目遣いになって染に言った。

「何？」千代が訊いた。

「お桑さんが、お侍が人を斬るところを見たって噂よ」染が言った。

「そいつぁ本当か」鍋寅が思わず声を張り上げた。

「そんな噂があったんですよ」

「いつ頃の話だ？」伝次郎が訊いた。

「五年くらい前だったかね？」染が由に訊いた。

「殺された前の年だったから、そうだね。そんなもんだよ」

「詳しい話を聞かせてくれ」

伝次郎が膝を詰めたが、女たちが知っていたのは、そこまでだった。

殺しのあった場所も、殺されたのが誰であるかも分からなかった。

「噂が立ったのは、春か夏か秋か冬か、それは？」

「寒かったのを覚えてます。聞いた時、火鉢（ひばち）の炭が真っ赤に熾（おこ）ってて、やだな、と思って見ていたから……」

「他には?」

由と千代が首を振った。

「お前さんたちの仲間で、その噂について、もう少し詳しく分かるのはいねえか」

「訊いてみましょうか」染が言った。

「頼めるか」

「元締や岩熊さんから、何でも言っていい、とお墨付きをもらっていますから。訊いてみます」

「済まねえ。こっちも殺されたのが誰か、調べておく。二日後までに何とかなるか」

「やってみましょう」

伝次郎は手早くお捻り(ひね)を作って三人に渡し、岩熊を呼んだ。

「二日後同じ刻限に、また来させてもらいたいが、構わないか」

「承知いたしました」

頼んだぜ。女たちに言い置いて、《ねずみ屋》を出た。

見送る若い男衆は、最後まで一言も口を利かなかった。

「気味悪いっすね」半六が振り返りながら言った。

奉行所に戻った伝次郎は、河野に問うたが、永尋控帳には該当するものはなかった。

「ねえってことは」

「町方の扱いではないのかもしれませんね。とは言え、例繰方には調べの途中でも調書が残っているはずです」

借りて来ましょうか、という河野に礼を言って断り、例繰方の詰所に回った。

筆頭同心の真壁仁左衛門を奥に、三人の同心と本勤並の二人が二列になっていた。染葉の倅の鋭之介と本勤並の正次郎と瀬田一太郎が『御仕置裁許帳』の補修を行っていた。鋭之介の無駄のない手の動きに比べると、本勤並の二人の手の動きはひどく鈍く見えた。

伝次郎は舌打ちしながら廊下を進み、膝を突いた。伝次郎に気付き、正次郎の眠気が吹っ飛んだらしい。ぽかんと口を開けている。閉じろ。蝿が入る。

「火急のことゆえ、慌ただしく訪ねた非礼、お許し願いたい。是非ともお教えいただきたいことがあるのですが、よろしいか」

「何でしょう……」真壁が、読み掛けていた調書を閉じて言った。

「五年前の冬と思われます。どこぞで武家が斬られたという一件があったかどうか、知りたいのですが」

「五年前ですか」真壁が、同心らを見た。

「ございました」鋭之介だった。「例の高利貸しの田村様の一件です」

「あれか……」真壁が渋い顔をした。「話すより早い。調書をお見せするがよい」

「どうぞこちらへ」

真壁に頭を下げ、上げるついでに正次郎と一太郎を睨み、鋭之介の後に続いた。

鋭之介は書庫に入ると、夥しい数の御用控の棚の中から、手際よく一冊の綴りを抜き出し、これです、と差し出した。

『享和元年辛酉　小普請組　田村角右衛門一件』と書かれていた。

時は、享和元年の十一月二十四日。六ツ半（午後七時）過ぎ。

ところは、郡代屋敷裏。

斬られたのは、小普請組の御家人・田村角右衛門と供の中間・留助の二名。

田村角右衛門は、袈裟斬り一太刀で絶命。

留助は、腹を刺され、絶命。

田村は、小普請組に属する御家人に高利の金を融通しており、それにより遺恨が生じたものと思われる。

また、田村の組屋敷は荒らされており、帳簿や証書類及び借金の形として預けられていた香炉などの多くの品々が紛失していた。

田村家は、御新造が既に亡く、継嗣もいないことから、翌年に養子が入ることになっていた。

尚、本件は、十一月の晦日に、支配違いにより御小普請組頭に委ねられ、徒目付の扱いとなった。

「これだけか」鋭之介に訊いた。

「はい。こう申しては何ですが、支配違いと言われ、引き下がらないのは、恐らく二ツ森様だけですので」

「お前は、煽っているのか、俺を」

「滅相もございません。その逆です。父だけは巻き込まぬようにお願いいたします」

「いいや、と言いたいが、そのつもりだ」

「この調書を書かれたのは、沢松甚兵衛様です」

調書末尾の一隅を指した。沢松の名が記されていた。定廻り同心の筆頭である。

「詳しいことは、沢松様にお訊きになるがよろしかろうかと」

伝次郎が、染葉に相談するより先に沢松の方へ向かえば、染葉が巻き込まれる虞はかなり減る。

「親に似ず、悪い奴だな」

「お褒めいただき恐縮でございます」

「借りてもよいか」

「必ずお返しください」

「勿論だ」

鋭之介に次いで真壁に挨拶し、定廻りの詰所に行った。沢松甚兵衛は、文机の前に座り、勿体振った顔をして茶を飲んでいた。

「甚六、これは何だ？」

突然渾名で呼ばれ、沢松がびくりと飛び上がった。

「二ツ森さん、お願いですから、その呼び名だけは勘弁してください。私の沽券に関わりますので」

「そんなもの、どうでもいい」

「………」

沢松は気を取り直したのだろう。何ですか、と訊きながら、伝次郎が手にしている調書の表書きを読んだ。

「これですか」

「話してくれ」

小普請組の田村角右衛門。調べたところ、此奴が五十名程の御家人や町人相手に金貸しをしておりまして、取り立ては相当に厳しかったそうです。それで恨まれたのでしょうな。殺された。我らは、月番でしたので、直ぐに駆け付け、調べを開始したのですが、支配違いで持って行かれてしまいました。小普請組の者が金貸しをし、殺された。これが市中に流布されては、御上の御威光に関わる、と言われまして、

「我らとしては、引き下がるより他になかったのです」

「その頃泥亀は、年番方になっていたよな」

「左様ですが、まさか、怒鳴り込んだりはしないですよね」

「黙っていられるか、と言いたいが、殺した奴を見付けてからだ」

「分かったのですか」

「まだ、何とも言えねえんだ。済まなかったな。いやな思いをさせちまって。吉報を待っていろよ」

跳ねるように立ち上がると、伝次郎は詰所を駆け出して行った。

「走るな」

どこかの詰所で、誰かが叫んだ。

「うるせえ」伝次郎が怒鳴り返している。

沢松は肩で息を吐くと、湯飲みを手に取り、声に出して呟いた。「俺には、先がねえんだ」

「吉報ではないでしょう……。どうして、あの方には、それが分からないのだ」

そんな虫の鳴き音より小さな呟きなんぞ、伝次郎の耳には届かない。

玉砂利を蹴る勢いで永尋の詰所に戻った伝次郎は、

「繋がったぞ」

河野を呼び、鍋寅らを集め、沢松の調書を見せた。

「殺された金貸しの傷口を見てみろ。袈裟懸けだ。中間は刺し傷。どうだ、符合するだろ？」

「桑を殺した奴と金貸しを殺した奴は、同じ者かもしれませんな」

「そうよ。金貸しを殺すところを桑に見られた。殺した奴どもが、それと気付いていたとすると、桑を狙ったって筋が出て来るぜ」

「五年前と言うと、新治郎殿は？」

「定廻りになる一年前だ。前の年に起きた金貸し殺しまで、気が回らなかったんだろう。甚六の阿呆(あほ)は、支配違いで手が離れたと決め込んでいたようだからな。金貸しは屋敷まで荒らされていたから恨み、桑の方は行きずりの物盗り、と見て、関わりがあろうとは思いもしなかったんだろうよ」

　伝次郎に続いて河野が溜息を吐いた。

「畜生」と鍋寅が言った。「早く、明後日になりやせんかね」

「半六、お天道様に急ぐように言って来い」


　十一月十三日。

《ねずみ屋》の前に、また黙り(だんま)の男衆が二人いた。伝次郎らの姿を目に留めた一人が中に消え、もう一人が店の中を手で示した。店を素通りすると、小屋の前に岩熊がいた。このやり方しか知らないらしい。

「世話を掛けるな」訊く立場を弁え、お愛想を言った。

「とんでもねえことで。少しでもお役に立てれば、めっけものでございます」

心にもねえことを言いやがって。これじゃ狐と狸じゃねえか。

「入らせてもらうぜ」

「手前は外におりますので」

「済まねえな」

染がいた。他の二人は初顔で、富と綾だと名乗った。

「旦那」と染が、伝次郎が明樽に座るのを待って言った。「噂は本当でございましたよ」

「見たのか」

「はい。ところが……」

「それを見られていたのか」

「その通りなんでございます。富ちゃん」

富が、出番だとばかりに身を乗り出して来た。

「斬った侍と一緒にいた奴に、見られちまったんだって。そいつは町人で、お供を刺し殺したとか言ってた。何とか逃げたんだけど、余っ程怖かったらしくて、暫く家から出ずに凝っとしていたそうです」

「その殺したっていう侍が、どこの誰だか分からねえかな」

「そこまでは、言っていませんでした……」

「そうかい……」

前のめりになっていた伝次郎が、少しく気落ちしたのを見計らうようにして、

「旦那」と染が言った。「話は続きがあるんですよ。綾ちゃん、話してやりな」

「旦那も知っていなさるでしょ、本所の悪。御家人の屑」

「難波……のことか」

「そいつですよ。難波騎一郎。あれを見て、お桑さんが足を竦ませていたのを、あたしこの目ではっきりと見ているんですよ。それが何でかは、お染姐さんから訊かれるまで分かりませんでしたけど」

「それを難波は？」

「見ていました。目ぇこんなにして」

両の指で、目の端を吊り上げた。

「その後、お桑さんが殺されたので、もしや、と思ったことはあったけど、この稼業、他人のことを思っているゆとりなんてないし」

「よく話してくれたな、礼を言うぜ。お染もよく探し出してくれた。拝むぜ」

「旦那。お桑さんの仇、取ってくださるんですよね」

「任せておけ」

三人に心付けを渡し、《ねずみ屋》を出た。見送る時も、黙りの二人は唇を固く結んだままだった。

法恩寺橋を渡る時、半六が《ねずみ屋》の方を振り返り、声を弾ませた。

「よく見付けてくれたし、あの二人もよく話してくれましたね」

「そんなに上手く運ぶか」伝次郎が言った。「吉田町にとって難波が邪魔になっただけだ。それが何でなのかまでは、分からねえがな」

難波を殺すのなんぞは造作もないことだが、相手は何と言っても御家人だ、と続けて言った。後腐れがないように、町方の手で始末を付けさせようって腹づもりだろうぜ。悪い奴よ。

帰路、黙りの真似をしているのかと思う程、黙りを続けていた伝次郎が、奉行所の大門を潜るなり、手段を考えた、と鍋寅らに言った。

「これしかねえ――」

六

十一月十四日。

天神下の多助と半六は、本所三ツ目通りの辻番所にいた。難波騎一郎が屋敷を出るのを見張っているのである。

辻番所の方へ来たら、多助が尾け、半六は緑町五丁目の下駄屋の二階に設けた見張り所に知らせに走る。難波が見張り所の方へ向かった時は、二人で後を尾け、一人が見張り所に知らせることになっていた。

見張り所には、見張りの交替として鍋寅と隼と元掏摸の安吉が、そして伝次郎と近と女装した花島太郎兵衛が手ぐすね引いて待っていた。太郎兵衛は、女装することを無上の楽しみとしている男だった。

多助と安吉は、元御用聞きに元掏摸と、来し方はまったく違ったが、今ではともに永尋掛りの手伝いをしている者らである。

「出掛けねえな」太郎兵衛が苛々しながら言った。

「もちっと暗くなってからだろうぜ。観念しな」

「………」

「旦那ぁ」と鍋寅が言った。

「何だ？」

「若旦那にお教えしなくてもよろしいんでやすか。必ず知らせるように、と言っておいででしたが」

「今行けるか」

「今は、ちと無理かと」

「では、教えようがねえじゃねえか」

「でも、明日の朝とか……」

「言わねえ。あいつを呼んだら、ぶった斬れなくなっちまう」

「………」

「お調べってのはな、一度手を離してしまったら、後は任せるしかねえんだ」

辻番所詰めが鍋寅と安吉に代わった。刻限は七ツ半（午後五時）になろうとしている。吉田町の夜鷹屋に向かう女の姿も、ぽつりぽつりと通りに現れた。

「観念したわいな。支度(したく)でもしよか」

太郎兵衛は近に言うと、小袖と襦袢(じゅばん)を肩からずり落とした。近が膝立ちをして、太郎兵衛の首筋に白粉(おしろい)を塗り始めた。

「次は、いい役を頼むぞ。夜鷹(しろくび)は俺の人(にん)には合わぬでな」

「そう言うな。これは太郎兵衛と近あっての策だし、第一、白首はなかなか色っぽいぞ」

「そうかえ?」

太郎兵衛が伝次郎に科(しな)を作ってみせたが、誰も笑わない。近が太郎兵衛の肩を、ぽんと叩いた。太郎兵衛が近に代わって白粉を手に取った。

安吉が見張り所の階段を駆け上がって来たのは、暮れ六ツ(午後六時)の鐘の鳴る少し前だった。

手拭いを被り、莫蓙を持った太郎兵衛と近を見て、安吉が棒立ちになっている。

「見蕩(みと)れてないで、案内おしな」

安吉が階段を飛び降りた。急いだのか、逃げたのか、分からない素早さだった。

難波は鎌吉を連れて、辻番所の先で東に折れ、横川の方へと足を向けている。

横川に臨(のぞ)む入江町(いりえちょう)には、難波の馴染みの居酒屋がある。あそこか、と見当を付けて尾けて行くと、果たして腰高障子(こしだかしょうじ)に《めし》とだけ書かれている店の暖簾を潜った。

「出て来たところが勝負だぞ」

「腕が鳴るわいな」

太郎兵衛が言い、近が目を光らせた。

半刻余が経ち、腰高障子が開いた。難波騎一郎と鎌吉が、爪楊枝を銜(くわ)えて出て来た。居酒屋の前で立ち止まり、次はどこに行くかで迷っているらしい。

伝次郎が近に頷いて見せた。

「あいよ」

手拭いの端を唇で噛み、近が軒下から通りに出た。ふらふらとした足取りで難波らの方へ行く。近から少し遅れて、鼠取(ねずみとり)薬売りの幟(のぼり)を肩に担(かつ)いだ安吉が歩き始めた。

近が「旦那」と難波と鎌吉に声を掛けた。

「んっ」

難波が近を見た。途端――。

「あっ」と叫び、「あんた、お桑ちゃんが言っていた……」と言い、手拭いを風に飛ばして逃げ出した。

「追えっ」

怒鳴るようにして、難波が鎌吉に言った。鎌吉が地を蹴った。近は時鐘屋敷脇の路地に駆け込もうとしている。路地から女が出て来た。

やはり夜鷹の姿をしていた。ぶつかりそうになった。

「何やってんだい。危ないじゃないか。お近の馬鹿ったれが」出て来た女が、叫んだ。太郎兵衛である。

逃がさねえ。鎌吉が更に足を速めた時、目の前に幟が見えた。鼠取薬売りがいた。激しくぶつかり合い、双方が転がった。

「このすっとこどっこい。どこに目ぇ付けてやがる」

「済みません」

拝むようにしている薬売りの、左手の手首から先がない。蹴りを入れようとしていた足を下ろし、いけ、と顎をしゃくった。鼠取薬売りは逃げるように去って行った。謝ろうと頭に手を当てている鎌吉には目もくれず、難波は路地から出て来た女を呼び止めた。

「おいっ、女」

「…………」

「今のは、見知りか」

「そうだけど、何だい、お近ちゃんに用かい？」

「住まいは？」

「知りたかったら、お足がいるよ」

「これでよいか」

一分金を投げた。一足踏み出し、刀を抜けば刃が届く間合だった。

「剣呑だね」太郎兵衛は後退りをしながら訊いた。

「住まいを知りたかったら、幾ら出す？　それより、連れて来たら、幾ら出す？」

「連れて来られるのか」

「訳ないさね」

「そうよな……」

値踏みをしている難波に言った。

「あんたの目を見れば、何をしたいか、分かるよ」

「…………」

「あたしも、年だしね。この商売から足を洗いたいんだよ。分かるかい？」

「十両出そう」

「分かりがいいね。どこに連れて行けばいい？　本所は駄目だよ。今日の明日じゃ連れ出せないよ」

「初音ノ馬場の東の際はどうだ？」

「じゃ明日の暮れ六ツ過ぎでいいかい？」

「嘘偽りを申したら、必ず斬るぞ」

「そんなことするかい。この地獄から抜け出せるかって時にさ」

太郎兵衛は去ろうとして立ち止まり、地面に落ちたままになっている一分金を指さした。

「それはくれるのかい？」

「持って行け」

「拾いに行くから、下がっとくれな」

難波と鎌吉が金から離れた。

「金を放るなんて罰が当たるよ」

素早く拾うと、ふっと息を吹いて塵を払い、袖口に落とし、難波らに背を向けた。

「旦那」鎌吉が言った。

「黙れ」難波が言った。

「逃げた女、確かにお桑ちゃんって言ってましたよね？」

「黙れ、と言っただろうが、黙れ」

「へい……」

難波は、太郎兵衛の後ろ姿が闇に紛れて見えなくなるまで、凝っと見ていた。


十一月十五日。

浜町堀を渡り、馬喰町を一丁目、二丁目と浅草御門の方へ進み、三丁目に入った北側に初音ノ馬場はある。太郎兵衛と近は、三丁目と四丁目の境にある横町を北に折れた。そのまま行けば、馬場の東端に出る。刻限は間もなく暮れ六ツになるところである。

太郎兵衛が、木戸番屋で火をもらい、提灯を灯した。

「どこまで行くの？」

「その先だよ」

難波らが、どこで見ているか、分からない。二人は浜町堀を渡った時から、芝居をしていた。

その二人を、遠く離れたところから多助が見ている。万一に備えて尾けているのだが、太郎兵衛は体術を心得ている。ふいを衝かれたとしても、おいそれと不覚を取るような者ではない。

馬場を囲む木立が、黒く二人に覆い被さった。提灯のか細い揺らめきが、暗闇の底を移って行く。

「帰ろうよ、ねえ」

「夜が恐くて、よく商売しているね」

「何だか気味が悪いんだよ」

「大丈夫。もう直ぐだから。いるのは、お仲間と願人坊主だけだから」

「そうかい……」

馬場の東の際に着いた。立ち止まっていると、四囲の闇が足許から這い上がって来るような気がする。

木立の奥で鳥が鳴き声を上げ、止んだ。草を踏み締める音が近付いて来た。

「よく来たな」黒い塊が言った。

太郎兵衛が提灯を翳した。難波騎一郎と、脇に鎌吉がいた。

「お花ちゃん、これは？」

「会いたいって言われたんだよ」

「騙したのね……」

「うるさい、黙れ」難波が言った。「桑って女に何を聞いた？」

「あんたが、金貸しの御家人を殺したって言ってた」

「そうなのかい？」太郎兵衛が訊いた。

「訊けば、金はやらぬぞ」

「こりゃ十両は諦めだね。聞こうじゃないか。桑と、一緒に殺されたとかいう《若狭屋》だったかね、あの人たちを殺したのも、あんたの仕業だったのかい？」

「そうだ」

「見られたからだね」

「呑み込みがいいな。田村角右衛門だけで済むところを、桑に見られたのだ。探したぜ。あんな近くにいたのに、小一年掛かってしまった」

「《若狭屋》には、小僧さんが付いていたけど、あれは、お前だね？」

鎌吉を指した。

「そうだが、てめえ、何でそんなに詳しいんだ。四年前のことなのによ」

「お前どもの言質（げんち）を取ろうとしているからに決まっているだろう。呑み込みの悪い奴だね」

「何なんだ、てめえらは？」

　脇の闇がぐらりと動き、伝次郎と河野が姿を現した。

「八丁堀よ。すっかり聞かせてもらったぜ」

「てめえたちもか」太郎兵衛と近に言った。

「気が付かねえてめえが、間抜けってんだよ」太郎兵衛が男の声で言った。

「汚い真似を……」

「利いた風な口を利くんじゃねえ」伝次郎が声を張り上げた。暗いぞ。明かりを灯せ。

　鍋寅と隼と半六が、手にしていた油を染み込ませた松明に火を点けた。めらっと燃え上がり、三方から難波と鎌吉を照らした。

「観念して縛に付け」

　ははは、と難波が引き攣ったような笑みを見せた。

「俺は浪人ではない。不浄役人には手出し出来ぬ。下がれ」

　手で払った。

「道を空けろ」

「誰が見ている。誰がお前の寝言を聞いている。襲って来たから斬った、と言えば、それまでよ」

伝次郎が前に進み出た。

「何を言うか。ご定法を枉(ま)げると申すのか」

「こいつは、驚いた。てめえでも、そんな台詞(せりふ)、知っているのかよ」

斬ってくれる。難波が太刀を抜き打ち様に叩き付けて来た。鋭い一撃だった。辛(かろ)うじて、刃を払ってかわし、ぐいと顔面を突き出し間合を詰めた。が、勢いはそこまでだった。返す刀の速度が違った。唸(うね)りを上げて上から、横から、打ち付けて来る刃が、伝次郎の足を引かせ始めていた。

「口程にもないではないか。何が襲って来たから斬った、だ。笑わせるな」

振りかぶった難波の目に、光るものが飛んだ。太郎兵衛が袂(たもと)に落とし入れていた一分金だった。

「あつっ」

思わず片目を押さえた難波の腹を、素早く躍り込んだ伝次郎の太刀が、横一文字に斬り裂(さ)いた。着物が割れ、血とともに腸(はらわた)が飛び出した。難波は食い縛(しば)った歯の間から、しゅうしゅうと息を吐き出しながら、腸を抱え込むようにして地に倒れた。

　慌てて逃げ出そうとした鎌吉の行く手を河野が塞いでいる間に、太郎兵衛が駆け寄った。鎌吉が匕首を構え、太郎兵衛目掛けて突き立てた。太郎兵衛は手首を摑むと、鎌吉を腰に乗せ、中空に放り投げた。弧を描いて落ち、唸っているところを半六が縛り上げている。

「危なかったぜ」伝次郎が肩で息を継いだ。

「剣の腕は、相変わらずだな」

「口で補っているから案ずるな」

「一人では立ち合うなよ」

「分かっている」

　馬喰町四丁目の自身番に走っていた隼が、大家と店番を連れて戻って来た。

「済まねえが、そこに腸をぶちまけているのがいる」

　ひえっ、と声に出して、二人が震えた。

「暫しの間だ。猫か犬に食われねえように見張っていてくれ。直ぐに定廻りを寄越す」

「私どもが、見ているのでございますね？」

「他に誰がいる？」

「分かりました」

「序でにこいつを自身番に繋いで行くからな」

「承(うけたまわ)りましてございます」

「ありがとよ」

河野が、鎌吉に立つようにと促した。半六が縄を引いた。

「疲れた」と伝次郎が言った。「後は、甚六か新治郎に任せよう。元は、あいつらの扱いだ」

「旦那、知りませんぜ、若旦那に叱られても」鍋寅が言った。

「さて、何と言い訳するか、考えながら帰るか」


十一月十六日。

夕刻、永尋掛りの詰所に戻ると間もなく、百井亀右衛門から呼び出しが掛かった。沢松甚兵衛も、大番屋での取り調べの模様を話すために呼ばれていた。沢松によると、鎌吉は吟味方の調べを受け、難波騎一郎に加担し、田村角右衛門と中間を殺したことと、それを見られた桑を殺そうと図り、《若狭屋》らを巻き込んだことを、すべて認めたらしい。

また、難波騎一郎の屋敷を徒目付と小人目付とともに調べたところ、金子三百八十両と、貸し金の担保として取り上げたまま、行方の知れなかった香炉などが多数出て来た、という話だった。

「それらは、田村角右衛門の屋敷から盗まれたものと思われます。いつか売り捌こうと取っておいたものでございましょう」

「相分かった」

先に退出した沢松の足音が遠退いたところで、さても、と百井が言った。

「此度も無茶をしてくれたものよの」

昨夜、新治郎に言われた言葉だった。

「悪い奴だったので、つい」

昨夜、新治郎に答えた言葉だった。

「その悪い奴を罠に嵌めたのであろう？」

新治郎も同じことを言った。どうやら、考える筋道が一緒であるらしい。

「悪い奴より、もっと悪い奴だな、其の方は」

新治郎は、ここまでは言わずに、斬って片を付けるというやり方は二度と認めません、と言い残し、怒って隠居部屋から出て行ってしまった。

「罠などと、滅相もないことでございます」

我らを踊らせた、更に悪い奴が吉田町にはいるのだ、と言いたかったが、話が長くなりそうなので、口を閉ざした。

「鎌吉が夜鷹に化けた八丁堀がいた、と言うておったそうだぞ。儂の口から誰だとは言いたくないが、あの者しかおらぬであろう。そのようなことを、嬉々として行う者は」

「殺された桑が化けて出たのでしょう。私には、見えませんでした」

「埒もないことを。まあ、調べが及んだと知り、襲って来た。吟味方もそれで納得しているゆえ、敢えて騒がぬが」

「よしなに」伝次郎は頭を下げ、畏まって見せた。

「ところで、これは訊くまい、と思っておったのだが……」百井が顎を撫で、あらぬ方に目を遣った。「真夏は、その、何だ、一ノ瀬の子ではないのか」

「誰がそのようなことを?」

「それは……」

「私の子です」伝次郎が、胸を反らせた。「新治郎の妹になります」

「それは作った話であろう。聞いたぞ。……いや、何だ、そうではないかと」

「いいえ。作ったかに見せた、本当のことなのです」

「もうよい、これからは儂の子だ」

「まだです」

「いつだ？」

「私が手放す気になった時です」

「勝手だの」

「褒め言葉と受け取っておきます」

「ところで、真夏はいかがいたしておる？」

「父親の元に戻っております」

「何かあったのか」

「何もございませんが」

「みな、勝手よの。よいか。永尋掛りは、お遊びではなく、お役目なのだぞ。そのお役目の最中に親の元に戻るとは、我が儘にも程があろう」

「よく言い聞かせます」

「いや」と百井が言った。「それは儂の役目だ。儂が言う」

第二話　雪のこし屋橋（やばし）

一

十一月十八日。

この日二ツ森伝次郎は、鍋寅らとともに、浅草御門から浅草寺へ向かって歩いていたが、浅草御蔵（おくら）の西にある鳥越橋（とりごえばし）を越えたところで、

「ちいと気分を変えようじゃねえか。だだっ広い道は、面白味がなくていけねえ」

御蔵前片町（おくらまえかたまち）を横切り、新堀川（しんぼりがわ）に架かる一ノ橋（いちのはし）を西へと渡った。渡った先は寿松院（じゅしょういん）の門前町で、寺を囲むように北と東と南に町屋があった。

「熱い茶でも飲むか」

「ようござんすね。呼ばれやしょう」

素早く答えた鍋寅が、南隅にある茶屋まで小走りで行き、声を掛けた。

「茶を四つくんねえな」

団子と書かれた、幟が出ている。

「小腹を塞ぐか」

隼と半六に訊いた。二人が間髪を容れずに頷いた。

「適当に頼め。俺と鍋寅は二本ずつだ」

日の当たる縁台に座り、茶を飲み、串に刺した焼き団子を食べる。冬の見回りの楽しみでもあった。

伝次郎と鍋寅が、二本目の団子に手を伸ばしている時には、隼と半六は四本目に取り掛かっていた。若さが眩しかった。

「ねえ、旦那」と鍋寅が言った。「こうして冬の日を浴び、温けえ茶を飲み、通る人を、と言っても、いやせんが、見ていると、何だかお江戸は安泰だなって、しみじみ思いやすですね」

「こんな日ばっかりだといいんだがな」

「まったくで……」

茶をずずっ、と啜っていた鍋寅が、隼と半六に言った。

「てめえらも団子ばかり食ってねえで、しみじみとしねえか」

「へっ？」隼と半六が串を持つ手を止めた。

「お江戸は安泰でなによりだ、ってことだ」

「そりゃ、思っていやす。だから、こうして団子を食べていられるんですから」

隼が言い、半六が頷いた。

「てめえらは、おっそろしく若えんだ。そこで一歩、踏み出さねえか」鍋寅が、薄い腿をぴしゃり、と叩いた。「捕物の腕は上がったのだろうか、これからもっと上がるのだろうか。親分のようにきりっとして、町を風のように走れるようになれるだろうか。流れる雲とか川の水に訊いてみよう、ってえ心持ちになれってことだ」

「へい……」

半六は空を見上げ、隼は新堀川に目を遣っている。

「親分」と隼が言った。

「何でえ。何か心に浮かんだか」

「いいえ。新治郎様が、あそこに」

隼が北門前を指さした。門前町の北側を、北門前と呼んだ。

「ありゃ、若旦那でございますよ」鍋寅が伝次郎に言った。

「らしいな……」

まだ《若狭屋》の一件が後を引いており、新治郎とはぎくしゃくとしていた。

鍋寅が立ち上がり、北門前の方に向かい、頭を下げた。隼と半六も皿を置いて、鍋寅に続いた。

堀留町の卯之助が気付き、新治郎に告げている。新治郎らが近付いて来た。

「旦那。若旦那がいらっしゃいやす」

「分かっている」

新治郎は皆に労いの言葉を掛けると、見回りですか、と伝次郎に訊いた。

「そっちこそ、こんなところで何を……」と言って、梅吉に思いが至った。「そうか。あの小僧、北門前に預けられていたんだな……」

「はい。それで様子を見に来たのです」

梅吉が火付けをしたのは、九歳の時だった。伝次郎らが、永尋掛りとして再出仕する前年の十一月だったから、丸二年前のことになる。

当時、梅吉の父は既に亡く、母の仲と、福井町一丁目の銀杏八幡近くの《甲助店》、別名《おけら長屋》に住んでいた。

仲は二十七歳。茅町二丁目の櫛屋《木曽屋》の裏の細工小屋で、櫛の歯を挽いて生計を立てていた。《木曽屋》は、挽き終えた櫛を朱色に塗っただけの粗末だが、安価な櫛を商売の目玉にしており、賃金は安かったが、

──梅吉は、十一歳になればお店に奉公に上がってしまう。

せめてそれまでは親子二人で、と住まいに近い櫛屋で働いていたのだ。

そのお仲の身体の加減が悪くなったのは、十月の末頃だった。秋口に引いた風邪が治り切らず長引いていたのに無理が重なり、十一月の中頃には寝込むようになっていた。

梅吉は、左衛門河岸に程近い平右衛門町の医師・諸川寿庵を訪ね、診てくれるよう懇願したが、貧乏人ばかりの《おけら長屋》の者ならば、診療代は望めぬからと断られ、遂に診察を受けることなく、仲は二十八日に死んだ。

大家と相長屋の者たちの計らいで葬儀を済ませ、梅吉の身の振り方を相談していた夜の五ツ半（午後九時）、梅吉は諸川寿庵の家に火を点けた。

火は、見回りをしていた御用聞き、御蔵前片町の亀五郎により、直ちに消し止められ、大事に至らずに済んだ。火種を持って立ち尽くしていた梅吉が、その場

で捕まった。

火付けは大罪である。十五を過ぎていれば、引廻の上、火刑に処せられ、更に三日の間晒されるのだが、梅吉は九歳であった。

沙汰は、罪一等を減じられ、遠島とくだされた。

十五に達しない者は、溜か縁者に預けられ、年齢が達するとともに刑が執行されることになっていた。溜は、病が重くなった囚人が送られる施療所である。

――溜に送るは、忍びない。

重篤な囚人とは言え、溜は悪事を重ねて来た者どもだらけの集まりでもある。殺し合いもあり、また言うことを聞かぬ者や騒ぐ者は、官吏の手により、こっそりと始末され、葬られるという溜に、

――恨みに思う心根、分からぬではない。

と町奉行に言わしめた梅吉を送ることを躊躇い、梅吉や長屋の者に親類はいないか、吟味方が問うと、作太郎という仲の叔父が何度か借店を訪ねて来ていることが分かった。しかし、住まいまでは誰も知らなかった。仲も、まさか死ぬとは思っていなかったのだろう。書き残したものはなかった。

――あっしが探し出して参ります。

亀五郎が、何の手掛かりもないところから、御用聞き仲間を挙げて聞き回り、僅かの日数で神田柳原で古着屋をしている作太郎を見付け出した。

――お仲が病であったことすら知りませんでした。

一も二もなく、預かると申し出た作太郎を見、梅吉は、「叔父さん」と叫び、飛び付き、泣き崩れたらしい。梅吉から見れば、母の叔父であるから大叔父なのだが、仲が叔父さんと呼ぶので、梅吉も叔父さんと呼んでいたのだろう。

この叔父御なら大丈夫だ。十五の歳まで見てくれるに違いない。

亀五郎のみならず、吟味に当たった同心らも、確信したという。梅吉は、作太郎の住む、北門前の《九郎兵衛店（くろべえだな）》に預けられ、町名主（まちなぬし）や家主（いえぬし）らに見守られる日々を過ごしていたのである。それから、二年が経っていた。

「早いものです」

「本当に、早（はえ）えなあ」

二年前の伝次郎は、町の揉め事を収めて飛び回っていた。

「で、梅吉は、今何をしているんだ？」

「それが面白いので。いや、面白いと言っては、作太郎らに済まぬのですが」

相長屋の者やこの町内の者たちが交代で、島で生き抜く術（すべ）を教えているのだと、新治郎が言った。

流人は島に着くと島役人に引き渡された後、例えば八丈島の場合だと、くじで村割りを、囚人がどの村に割り当てられるかを、決めるのである。村に行き、数日を過ごしてから、役場で島の掟を教えられると、それ以降は己の才覚で生き抜かねばならなくなる。どの島に送られても、似たような手順が踏まれた。

「だから、島の者に重宝されるようにと、あれやこれや身に付けさせようとしているのです」

どんなことを教えているのか、伝次郎が訊いた。

「今日からは、竈屋が、ひび割れの直し方や土の捏ね方を教えるそうです」

その前は、飯の炊き方に始まり、実のなる木の育て方、薬草と効能、海の水を真水にする法から小屋の建て方まで様々なことを教えたそうです。

「鳥もちの作り方もあったと聞いています」

「あんなもの、どうやって作るのだ？　知っていたか」鍋寅に訊いた。

「鳥も餅も食いますが、鳥もちとなると」

「モチノキの木の皮を取り、幾月か水に漬けておき、餅のように搗くんです。水で洗う。また搗く。また水で洗う。これを何回かやると、鳥もちが出来るとか」

「一度に詰め込んで、覚えていられるのか」

「忘れるのはしょうがない、と思っているようですね。一度習っておけば、何かの拍子に思い出すでしょうから」

「そうだ。確かに、お前の言う通りだ」

伝次郎は眉を指先で掻きながら、俺も、と言った。

「お前に教わるようになっちまったようだな……」

「父上……」

千鳥が柳の根元に舞い降り、新堀川を見下ろしていたが、チッチチッ、と三度鳴くと飛び立って行った。

「私は、何と申しますか、梅吉を中にして、善なる心が集まっているようで、嬉しいのです」

「それは、お前の心が善を求めているからかもしれぬな」

「そうでしょうか」

「見に行ってもいいか。俺も、この目で見てみたくなった」

「どうぞ」

新治郎が、《九郎兵衛店》の場所を詳しく話した。梅吉は、長屋を通り越して

「序でに、亀五郎にも会っておくか。なかなか筋の良さそうな奴だな」

新治郎が、亀五郎とは旧知の卯之助に話すようにと言った。

「真っ直ぐな男でございます。女房が一膳飯屋をしているので、小金に不足がありませんので、いやしい真似なんぞしねえ、きれいな生き方をしております」

「頼もしいな」

「へい。何かの時には、使ってやってくださいやし」

一膳飯屋の場所と屋号を訊いた。御蔵前片町で、飯屋の名は、《おたき》。女房の名から取ったらしい。つい先程鳥越橋を渡り、横切って来た町だった。

「後で寄ってみよう」

新治郎らが見回りへと戻って行った。茶代を払い終えた頃には、一ノ橋を越えていた。

「ねえ旦那」と鍋寅が、ちらと新治郎の消えた方角に目を遣って言った。「さっき若旦那に、『教わるようになった』って仰しゃいやしたが、あれは『この間は済まなかったな』ってえことを、えらく遠回しに言いたかったんでやすよね？」

「……分かったか」伝次郎が、足を止めて訊いた。

「そりゃ、ぴんと来やした」

「ならば、新治郎にも通じたな？」

「そりゃもう。若旦那、ちいと照れて、善なる心がどうした、なんてぇことを仰しゃってましたから、ありゃ、通じてますですよ」

「よし。では、もう《若狭屋》の一件はなし、だな」よし、ともう一度言ってから伝次郎が、ふっと息を吐いた。「あいつは、じくじくといつまでも長いんだ。とても敵（かな）わねえ」

「へい……」

鍋寅が隼と半六を見た。隼と半六が、さっと横を向いた。

「それよりも」と伝次郎が鍋寅に言った。「思い出すか。短い間に、何やかやとたくさん詰め込まれて」

「梅吉ですかい？」

「他にいるか」

「あっしはね、旦那。一を聞いて十を知るって男です。でも、十を聞いたら、わやくちゃになるって質（たち）ですから、こいつは、あっしに訊かれても」

「それが人よ。早い話が、朝昼夕の三度の飯を一度に食ってみろ。身に付く前に腹ぁ下しちまうだろうが」

「そういうことなんですかい?」

「違うか」

「ま、見に行きやしょうか」

北門前の教えられた横町を、くいっ、と曲がった。魚屋、古着屋、八百屋(やおや)などが軒を連ねていた。干物を狙っていた猫が、伝次郎の黒羽織を見て、逃げ出した。隼がくすくすと笑っている。擦れ違う者たちが、頭を下げて行く。軽く頷きながら、歩を進めた。《九郎兵衛店》を通り越した。隣が瀬戸物屋で、その向こうに竈屋があった。寒いのに開け放たれた腰高障子には、竈が描かれ、下に《うへい》と書かれていた。

「いい手付きだ」

声が聞こえて来た。店の中を覗くと、小僧が柱に括り付けた鎌で、手にした藁(わら)を切っていた。梅吉らしい。

「その調子で、今度は手前に引きながら切ってみな」

藁がすぱっと切れたらしい。

「手応えが違うだろう」

「へいっ」

細かく切った藁を、土の入っている四角い木箱に落としている。

「よし、捏ねるぞ」

宇平が、藁の上から水を入れ、鋤で捏ね始めた。大きく捏ねては均し、また大きく捏ねて均すと、

「やってみろ」

捏ねさせた。見様見真似で捏ねている。

「そうしたら、だ」

宇平が裸足で箱に入り、土を踏み始めた。足の指の間から、にゅるっと土が食み出した。宇平が水を足し、また踏んだ。土がとろっ、としてきている。

交替して梅吉が足で捏ね始めた。

「そうやって土と藁を馴染ませるんだ。馴染ませたからと言っても、直ぐには使えないぞ。寝かせるんだ。覚えておけ。寝かせると、藁と土が絡んで、滑らかなしっかりとした土が出来る。竈のひび割れなんて直ぐに塞げるし、壁土にだって使える」

へい、と答え、梅吉が足許を真剣に見詰め、足踏みをしている。

「よぉし、その調子で、寝かせ、藁を足して踏み、また寝かせる。それを三度もやれば……」

と言い掛けたところで、伝次郎らに気付き、首に巻いた手拭いを外し、頭を下げた。

「済まねえ。話が面白くて、聞いてしまった」伝次郎が言った。

「とんでもねえことでございます。そんなご大層なことは、何も話しちゃおりませんです」

「いや、土の作り方、ためになった」

「寝かせるんでやすね。古漬けの方が美味いのと同じでやすね」鍋寅が言った。

「そういうことか」伝次郎が訊いた。

「旦那、細かい話は、それっくらいで」

勘弁か。伝次郎は笑い飛ばすと、

「小僧さんも、しっかりな」

梅吉に声を掛け、横町を新堀川の方へと戻った。

「俺は、間違えていたかもしれねえな」

伝次郎が、新堀通りを南へと、来た道を戻りながら鍋寅に言った。

「あの餓鬼（がき）なら、詰め込まれても覚えているだろうし、忘れたとしても思い出すに違いねえ。島に流されるなんて、これっぽっちも思っちゃいねえんだ。どこぞを切り拓（ひら）くくらいの思いでいるんだろうよ」

仰しゃるとおりでございます。鍋寅が目許を拭った序でに水っ洟（ぱな）を啜り上げた。

「眩っしいくらいに、目ぇがきらきらして、あっしの餓鬼の頃にそっくりでやした」

鍋寅がうっとりとした目を空に向けている。

その一言で、皆が黙ってしまった。

一ノ橋を渡り返し、御蔵前片町に入った。

二

卯之助に教えられた一膳飯屋《おたき》は、横町の中程にあった。

縄暖簾が下がっているから、酒も出すのだろう。もっと小体（こてい）な店を思い描いていたが、開いている戸口から見たところ、八畳程の広さの板の間に茣蓙が敷き詰められていた。昼には早い刻限だったが、既に飲み食いしている者の姿もあった。

先に立って縄暖簾を潜った鍋寅が、立ち止まっている。話で亀五郎がいたと知れた。表に出て来た亀五郎が、お寄りくださるかもしれねえから、と卯之助親分から言われ、待っていたのだと言う。

「そいつは、済まねえことをした。忙しいだろうに、許してくれ」

伝次郎が言うと、大旦那にそう仰しゃられたら、こっちは何と言っていいか、分からなくなりやすから、とひどく恐縮し、二階に上がってくだせえ、と店を切り盛りしている女房の滝と袖を引くように招じ入れた。

「大親分も、さっ、さっ、どうぞ」

鍋寅の尻を押そうかという歓待振りである。

「大親分はよしてくんない。こそばゆいぜ」

「卯之助親分の親分ですから、大親分です。他に呼びようはござんせん」

「負けたぜ。じゃ、茶でも招ばれようかい」

二階に上がると、気の利いたものなどないが、何か召し上がらないか、と言う。まだ団子を食べて間がない。とても食えないが、断るのも済まなく思えたので、隼と半六に、腹に隙間はあるか訊くと、いくらでもあると答えた。二人は、自慢のけんちん汁を飯に掛けた丼をもらい、伝次郎と鍋寅はけんちん汁だけをもらうことにした。

滝が嬉しげに階段を下りて行った。座敷に残り、畏まっている亀五郎に、時に、と切り出した。

「俺たちが寄ったのは、梅吉のことなのだが」

「卯之助親分から、聞いております」

梅吉が火付けに及んだ経緯と、亀五郎が捕らえた時のことを順を追って話した。

「諸川ってお医者は、貧乏人は診ないのか、と随分と悪く言われまして、いたたまれなくなったのでしょう、門跡前（もんぜきまえ）に移って行かれました」

東門跡と言われた東本願寺（ひがしほんがんじ）の前を、門跡前と言った。

「いいところに移ったじゃねえか。裏店相手にしていたら、出来ねえ相談だな」

「へい。元々裏店の者は相手にせず、大店（おおだな）を患家にしていたのでございます。それだけの腕なんでございましょう。こんなことは、言いたくねえんですが、梅吉の方が無茶な頼みに行ったってのが、本当のところでして。母親を治したい一心だったのでございましょうが」

階段を上がって来る足音がした。滝が小女を連れて上がってきた。丼と椀が折敷に置かれた。

「美味そうだな」

伝次郎が手を伸ばしたのを潮に、隼と半六が丼を取り、汁を啜り始めた。伝次郎らも椀に口を付けた。

「こいつは、うめえ」と半六が言い、隼が、腹が温かくなりやす、と続けた。

「有り合わせの根のもの、葉のものを油で炒め、崩した豆腐を入れて、ほんの少しの醤油と塩と酒で味を調えただけなのですが、喜んでいただいております」

滝が尚も話そうとしているのを亀五郎が押し止め、お役目の話があるんでな、と、そっと言った。

申し訳ございません。滝が小女を促し、階下に下りて行った。

「梅吉は長屋の連中とか町の衆から、いろいろ教わっているようだな」

「へい。一人で生きて行かねばならねえからと、寄ってたかって世話ぁ焼いておりやす」

「ありがてえことだが、やっかみとかはねえのか」

「火付けの悪餓鬼に何でそこまで、という声もありやしたが、この二年で収まっておりやす」

「まあ、忙しいだろうが、気に掛けてやってくれ。俺たちも時折見回るようにしよう」

「承知いたしました」

亀五郎は頭を下げると、また続けた。

「梅吉をご覧になっていかがでございやす。付け火をしたなんて思えねえ、素直な子でございましょ」

「さっきもな。目がきらきらしていて、驚いたんだ。ありゃ、火付けなんぞしなかったら、ええ男になったんじゃねえか。そんな気がしてならねえ」鍋寅が、残りの汁をずずっと啜って言った。

「あっしも、大親分と一緒でして、島で癖のある連中に揉まれて曲がらねえか、と心配でならねえんでございます」

「気持ちは分かるが、案じても始まらねえ。酷なようだが、梅吉に任せるしかねえな」

「へい……」

隼と半六が食べ終わり、唇を嘗めている。

「ご馳走様でございました。いやあ、美味かったです」

「それだけ美味しそうに食べてもらえれば、女房の奴も大喜びですよ」

にっこりと笑っていた亀五郎が、大旦那、と言った。声の調子が違っている。

「どうした？」

「へい。大旦那は、幹三郎のことを、いえ、以前の名は、栄七でございました。研ぎ師の栄七を覚えておいででしょうか」

「珍しい名を聞いたな。忘れちゃいねえ」

「あっしもでさあ」鍋寅が言った。

「栄七が、どうした？」

二十七年前になる。伝次郎が定廻りになった翌年の安永八年（一七七九）に、弟弟子を誤って殺した廉で、八丈島に流された男が栄七だった。

自身番からの一報を受け、定廻りの若手だった伝次郎が、鍋寅ら手先を連れて出向いたのだ。縄を打ったのは、亀五郎の父親の御用聞き・鶴太郎だった。

「戻っていることは、ご存じで？」

「勿論だ。御赦免船を迎えに行ったからな」

「左様でございましたか。その栄七でございますが、阿部川町におりますことは？」

「知らなかった」

安永八年の秋、栄七は流人船で八丈島に送られた。三十三歳であった。

それから八年が過ぎた天明七年（一七八七）、栄七は大赦で島から帰還し、二度と踏むことはないと思い極めていた江戸に舞い戻った。

前年の九月に十代将軍の家治が没し、翌天明七年四月に十一代将軍として家斉が将軍位に就いたことで赦免されたのである。

栄七は四十一歳になっていた。

島から戻った流刑者は、新たな名をもらい、放たれることになる。栄七は幹三郎という名になった。出迎えた伝次郎と鍋寅に、

――千住宿の外れに遠縁の者がおりますので、取り敢えずはそこに……。

と言って去ろうとする栄七の手に、あって困るものじゃねえからと、一分金を二枚握らせたことを昨日のことのように覚えている。

それから十九年である。栄七は六十歳を数えているはずだった。

「今は、何をしているんだ？　研ぎ師か」

「紙屑買いでございます」

お店からは古い帳簿を、貸本屋からは汚れた黄表紙などを、長屋からは墨(すみ)で真っ黒になった手習帳などを買い集め、古紙の紙問屋に売るのが、紙屑買いの仕事だった。序でに、竈の灰や煤(すす)、破れ傘に古椀なども買い、それぞれの問屋に持ち込んだりもする。すべて合わせても利の薄い、見端(みば)のよくない渡世(とせい)である。

「研ぎの腕はよかったはずだが」

「そこまでは存じませんが、研ぎの仕事に就けば、狭い世間です。直ぐに知られるでしょう。それを嫌がったのでは」

「ならば、ちいと江戸を離れればいいじゃねえか。紙屑買いをするより楽に暮らせるはずだぜ。それとも、江戸を離れたくない訳でもあるのか」

「さあ、どうしてなのかまでは」

「会ったんだろう？」

「いいえ。あっしらには会いたくねえだろうと思って。奴が栄七であることは、親父から聞いたんでございます」

鶴太郎の手下として見回りに出ていた時、栄七を遠くから見掛け、あれが、と教えられたらしい。鶴太郎は、亡くなって既に小十年になる。

「悪さをする素振りはねえんだな？」

「至極まともに、ひっそりと暮らしております」

　住まいを訊いた。隼が素早く書き付け、誤って殺したという事件の経緯を、鍋寅に尋ねた。

「今もあるが、神田佐久間町の三丁目に《山城屋》という刀剣商いのお店があった。長ったらしく言うと、御刀脇差拵所だな」鍋寅が、唇を嘗めてから続けた。「栄七は、そこで研ぎ師をしていた。腕がよいので弟子の面倒を見ていたんだな。その中に、和助という筋のいいのがいた。筋がいいだけに、栄七は和助にあれこれと注文を付けた。伸ばそうとしたんだが、和助が逆らった。生意気を言わずに、言われた通りにやれ。言うだけでなく、手も出しちまった。胸を小突いたんだな。ふいを食らって和助が転び、間の悪いことに砥石の角に頭をぶっつけて、それきりよ。それが顚末だあな」

「和助は二十七歳だった」伝次郎が言った。「女房の孝が、二十六歳。尚吉という子が一人いた。八つだった」

「流人船を睨み付け、どうして死罪にしないのか、と泣き叫んでおりやした。尚吉の声は忘れられやせん……」

「尚吉は、研ぎ師になっております」亀五郎が言った。

「栄七が、戻っていることは？」

「多分知らないと思いますが」

「そうか。栄七を、いや、幹三郎だな。静かに暮らしている奴を、徒に騒がすこともねえからな。会うつもりはねえが、会う時には、偶然出会った振りをするとしよう」

「そうなすっておくんなさいやし」

過分な心付けを包み、滝に渡した。亀五郎が、頑なに遠慮したが、この次の飯代も込みだ、と押し切った。

八丁堀が、真っ当な御用聞きにたかっちまったら、おしまいよ。

足は北に向いていた。一ノ橋を渡らずに、新堀川の東沿いの道を真っ直ぐに進んだ。五町余（約五百五十メートル）も行くと、新堀川を挟んで阿部川町の向かいになる。

「旦那、埒でも拝もうって寸法で？」

「だらしねえが、まだ決めかねているんだ。取り敢えず、このまま行ってみようか」

「承知しやした」

おいっ、と鍋寅が、腹をさすりながらのっしのっしと歩いて来る隼と半六に言った。

「しゃんとしねえか」

三

阿部川町と名の付く町は、中通り（なかどお）りと呼ばれる一本の道を真ん中に、左右に三つずつ固まってある。中通りを東に下り、新堀通りと出会ったところにあるのが、新堀川に架かる橋で、名をこし屋橋（やばし）と言う。こし屋とは、輿（こし）や駕籠（かご）を作ることを生業（なりわい）とする者のことで、こし屋が橋の側にあったところから、この名が付いたと言われている。このこし屋橋を渡ってそのまま更に東に行くと、森下（もりした）に出る。森下の地名は、大名家の下屋敷の森に由来する。

こし屋橋の袂で立ち止まった伝次郎は、短い間新堀川越しに阿部川町を見詰めていたが、止めた、と言った。

「森下の方に行くぞ」

通りを左に折れた。右側は龍宝寺（りゅうほうじ）の門前町で、左側は寺が並んでいる。寺の閉じられた門を背に、白いものがちらりと舞った。

「旦那、雪ですぜ」

鍋寅が灰色の空を見上げた。

「風花だ。まだ、積もる程降りはしねえよ」

それでも、町を歩くお店者や買い物に出た女房たちは、足早になっている。路地から飛び出して騒いでいるのは子供だけで、道を歩く人影が減り、前が見渡せた。

綿入りの半纏（はんてん）を着、頰被りをして、天秤棒（てんびん）を担いだ男が歩いて来るのが見えた。紙屑買いである。前後の籠には、何も入っていないのだろう。天秤棒にしなりがなく、頼りなく揺れている。今日買い付けた古紙は、問屋に売り払って来たらしい。男は人目を避けるように、足許に目を落としており、顔は見えない。

「来いっ」

と鍋寅らに声を掛け、伝次郎が数珠（じゅず）屋の抜け裏に身を隠した。鍋寅らが直ぐに続いた。

「どうなさったんで？」

問う鍋寅に、唇に指を一本立てて見せた。通りを、綿入れ半纏が通り過ぎた。頬被りした手拭いから横顔が覗いた。年は取っていたが、昔の面差し（おもざし）が残っていた。栄七だった。

「ありゃ、栄七、いや幹三郎ですかい？」

「間違いねえ」

「尾けやしょうか」

「何も悪さをした訳じゃねえんだ。そっとしておこう」

「へい……」

通りに出、後ろ姿を見送っていた伝次郎らの耳に、幹三郎の名を呼ぶ声が聞こえた。幹三郎が足袋（たび）屋を見、足を止めている。

「ありがとうございます……」

礼を言う声が聞こえた。幹三郎は手拭いを取ると、丸めて懐に入れ、裏へと回って行った。古い大福帳でも出たのだろう。

暫くすると、表に出て来、天秤棒を担いで、こし屋橋を越えて行った。

「真面目（まじめ）にやっているようでやすね」

「らしいな」

また雪が舞った。先程よりも、少し降りが強くなっているように見えた。

「俺たちも、雪の塩梅と相談しながら、ちょろっと回って帰るか」

「そういたしやしょう」

伝次郎らは森下から田原町に抜け、門跡前を通って新堀川に架かる菊屋橋を渡り、新堀通りに出た。菊屋橋はこし屋橋の隣の橋である。歩いているうちに、雪は小止みになっていた。

「ありがてえ」

鍋寅の声に思わず笑っている間に、こし屋橋に差し掛かった。道は微かに白くなっており、足跡がくっきりと残っている。

「この世に冬なんてものが、どうしてあるんでしょうねえ」

鼻水を啜り上げた鍋寅が、中通りから歩み出て来た男と目を合わせ、立ち止まった。男は一瞬目を逸らしたが、思い直したのだろう、立ち止まり、手拭いを取った。幹三郎だった。

「旦那……」幹三郎が手拭いを掌の中で丸めながら頭を下げた。

「おめえは……、栄……。いや、幹……」

「幹三郎という名を頂戴しました」

「そうだったな。久し振りだが、元気そうじゃねえか」

「お蔭様で、何とかやっております」

「江戸にいたとは思わなかったぜ」

「へい。やはり、江戸の水が一番合いまして……」

「よかったら、そこらで温かいものでも摘まねえか。こいつらが」と隼と半六を見て、「腹を減らしていてうるさくてしょうがねえんだ」

「相済みません。ちっと行くところがございまして……」

「おう、そうか。無理言って、こっちこそ済まなかったな。また会ったら、今度は飲もうぜ」

幹三郎の住まいを訊いた。

「奥の原の《金兵衛店》でございます」

中通りを一つ西に入った北側の横町を奥の原と言った。亀五郎に教えられたところだった。

「かみさんは？」

「旦那。あっしのような半端者のところに来てえなんて物好きは、おりやせんですよ」

「そんな言い方をするもんじゃねえ。てめえでてめえを縛ってどうする」

幹三郎は、ふっと寂しげな笑みを見せると、どうして、と伝次郎に訊いた。

「こんなところを……?」

言ってから思い付いたのだろう。北門前の方を見遣り、

「あの餓鬼の見張りですかい」

「見張りじゃねえが、知っているのか」

「この辺りまで噂は流れて来ますんで。島に流されるってのが、世間では面白いらしいですよ」

「そんなことはねえ。周りの大人衆が面倒を見ているんだ。懸命にな」

「らしいですね……」

「……引き止めて済まなかったな。次の時は、飲むんだぜ。約定したぞ」

幹三郎はくどい程何度も頭を下げると、こし屋橋を越えて見えなくなった。

川風が雪を渦のように舞い上げた。

「こりゃ、いけねえな」

龍宝寺門前町の自身番で傘を借りようと、こし屋橋を渡ったが、もう幹三郎の姿はどこにも見えなかった。

十一月十九日。

雪は昨夜のうちに止み、朝からの陽で、通りはすっかり乾いていた。

伝次郎らは、昨日借りた番傘を自身番に返しがてら、浅草寺の周辺をぐるりと回ることにした。広小路を始めとして、常に人が溢れている辺りで、賑(にぎ)わいとともに喧嘩沙汰が絶えないところでもあった。

門跡前から東本願寺の裏門へ抜け、広小路に出た。

行き交う人が急に増えた。供を連れた武家がいる。小僧を連れたお店の主がいる。小間物売りが、唐辛子売りが、汁粉(しるこ)売りが、医師が、歯磨き売りが、看板書きが、煙草売りが、流れの中に浮いては沈み、寄る辺を求めている。

「突っ切るぞ」

足を速めて花川戸町(はなかわどちょう)に入り、南馬道町(みなみうまみちちょう)、北(きた)馬道町と抜け、観音堂(かんのんどう)の裏に回った。見世物小屋や楊枝屋や茶店が並んでいる。

俄(にわか)に鍋寅の腰がしゃん、と伸びた。楊枝屋は、裏でこっそり春をひさいでいたりするので、きれいどころを揃えているのだ。

「おうっ、困っているこたぁねえか」

一軒一軒声を掛けている。縄張り内ではない。店の女が、何だ、こいつは、と思いながら鍋寅の後ろを見ると、黒羽織に着流しの、誰が見ても八丁堀と分かる伝次郎が付いている。

「これは、親分さん」途端に愛想をよくして、お蔭様で変わりはないと告げる。

「何かあったら、きゃあ、の一声で来るからな」

「ありがとう存じます」

にっこりと笑って応え、いい気持ちになって隣に行くと、今度の女は煙管(きせる)なんぞを手にしている。迎えの言葉もないまま、何かあったら、と鍋寅が切り出すと、

「憚(はばか)り様」女の開く口に合わせて、煙が上下に飛び出した。「そんな柔(やわ)には出来ちゃおりませんですよ」

「そうかい。なら、何も言うこたぁねえな」

「お分かりになられたら、そこは店の前なので……」

女の物言いに鼻白み、声掛けの気が萎(な)えたのだろう、ちいと休みやしょうか、と鍋寅が裏の通りに目を遣った。

通りの向こうは、冬枯れの畑が広がっているだけである。

「寒いじゃねえか」

「頭ぁ冷やさなければ歩けやせんや。近頃は、あんな手合いが増えちまって」

隼が首を振って、溜め息を吐いている。

「どうせ休むなら、茶でも飲もうじゃねえか」

茶店に入り、風の来ない奥に座り、熱い茶を頼んだ。

茶の上っ面をずずっ、と啜った鍋寅が、何ですねえ、と苦笑いを浮かべて伝次郎に言った。

「あんな女っ子の一言で頭に血ぃ上らせるなんて、あっしもまだまだでござんすね。一句出来やした。鍋寅は未熟と知りぬ今朝の雪ってね」

「雪は、昨夜ですよ」半六が言った。

「うるせえ。ちったぁ融通を利かせろい」

半六を怒鳴り上げた鍋寅が、通りを見て、旦那、と伝次郎に言った。

「あいつは、確か……」

西の方から歩いて来る男を目で指した。半纏の前を掻き合わせ、寒そうに俯いているが、顔を隠しているとしか思えない。

「次兵衛のようだな」

この春に、博打を打った咎で、江戸払の沙汰を下された男だった。

「てめえらは前に回れ」

隼と半六に言うや、鍋寅が茶店から飛び出した。隼らが裏から出た。伝次郎は鍋寅の後を追った。

「次兵衛、待ちねえ」

鍋寅が背後から声を掛けた。振り向いた次兵衛が、鍋寅と伝次郎を見て、駆け出そうとした時には、目の前を隼と半六に塞がれていた。

「逃げようとしたってことは、てめえ、ここらに埒があるんだな？」

「まさか、親分、そんなものはありやせんや」

「なら、どうして、逃げた？」伝次郎が訊いた。

「そらぁ、旦那方の顔を見れば逃げまさあ。これは染み付いた癖みたいなもんで」

「今どこにいるんだ？」

「新宿でございます。葛飾郡の」

浅草からだと千住大橋を渡り、約二里余のところである。戻れぬところではない。

「商売は、何をしている？」

「江戸で仕入れたものを向こうで売る。何でも屋と申しますか、江戸店（えどだな）の出店のようなものでございます」

「その割りには手ぶらじゃねえか」

「荷は預けてありまして、今はちょいと用がございまして……」

「嘘じゃねえな？」

「嘘は金輪際（こんりんざい）吐（つ）かねえと決めております」

「分かった。真面目にやっていると言うのなら、信じようじゃねえか」

「よろしいんで？」鍋寅が訊いた。

「今夜もまた雪がちらつくといけねえ。早く帰るんだぜ。俺たちは、まだまだこの辺りを見回っている。今度見掛けたら、市中に寝泊まりしていると見なして自身番に来てもらうからな」

「帰ります。帰りますです」

畦道（あぜみち）に走り込み、振り向きもせずに駆けている。そのままずっと進めば千住の方向である。

「本当に新宿なんでしょうか」

「どうかな?」

「まあ、あれで暫くは静かにしているでやしょう」

「だろうな」

「もう一回りするぞ。終わったら柳原だ」

「へい」

浅草寺の西を回り、伝法院の脇を通って田原町に出た。

鍋寅が辻商いに声を掛けている。隼と半六も、声を掛けている。伝次郎は、三人の後ろに従いながら空を見上げた。雪の種を抱え込んでいるのだろう。鈍色をしていた。

昼餉を摂り、浅草御門を抜けた。この浅草御門から筋違御門までの十町の間は、柳を植えた堤が築かれており、柳原堤とも柳原土手とも言い、土手沿いの道を柳原通りと言った。

柳原通りには、びっしりと古着屋の床店が並んでいた。床店とは、日暮れとともに商いを終え、戸締まりをして帰ってしまう無人の店舗を言った。

梅吉の母・仲の叔父、梅吉から見ると大叔父に当たる作太郎は、この一角に床店を出していた。

二人に訊いたが分からず、三人目で作太郎の床店が知れた。

作太郎は五十半ばの痩せた男だった。八丁堀だと見て、身を固くしている。

商いの最中に済まねえな。伝次郎が、梅吉のことで来たのだが、と切り出すと、止める間もなく土間に手を突き、

「申し訳のないことをいたしました」

額を地べたに押し付けるようにした。

待ってくれ。そうじゃねえんだ。鍋寅と両方の腕を摑んで、引き起こし、

「早まっちゃいけねえよ」伝次郎が言った。「確かに、大層なことをしでかしちまったが、そんなことを言いに来たんじゃねえ。梅吉ってのは、澄んだいい目をしているな、と言いたかったのよ」

「へい……」

作太郎が、鍋寅を隼を半六を見た。それぞれが頷いた。

「竈屋での様子を見させてもらったが、目がきらきらしててな……」

鍋寅が、ついと前に出て来た。

「俺は思ったね。こいつは、俺の餓鬼の頃にそっくり……」

「隼、うるせえから下げとけ」

親分。隼が鍋寅の袖を引いた。

「褒めてはいけないのでしょうが、人の話を丁寧に聞くところなど、母親に似ておりまして。よくあそこまで女手一つで育てたものだ、と身内ながら感心しております」

「亭主は早くに亡くなったのか」

「梅吉が五つの時でございます」

「そいつは苦労しただろうな」

「手前もそのように言ったことがございますが、親が子を育てるのは苦労ではない、楽しみだ、と言われました」

「その一言で母親の人柄が分かろうってもんだな。今は竈屋にいたが、あそこにはいつまでいるんだ？」

「年の暮れまで、と聞いております」

「暮れの竈屋は、ひび割れをきれいに塗り固めてもらいたいってぇ注文が増えて、大忙しになるからな。仕事を覚えるには、いいのかもしれねえな」

「皆様が、よくしてくれるのでございます。石を投げ付けられても仕方がないのに、ありがたいことでございます」

「皆に見守られていると、梅吉にも伝わっているはずだ。それが、梅吉にとっては何よりだと思ってな。済まねえな。そんな埒もねえことを言いに、寄っちまったんだ」

「ありがとう存じますでございます」

作太郎は、腰が折れる程曲げて頭を下げた。

「どうだ、商いの方は？」

「お蔭様で、何とか」

隣の床店から、大きな風呂敷包みを肩に担いで出て行く者がいた。

「あれは？」伝次郎が訊いた。

「古着をここらで仕入れて、近くの村に売りに行くのでございます」

「そう言えば、次兵衛がそんなことを……」鍋寅が、男の後ろ姿を見ながら言った。

「次兵衛さんって？」作太郎が訊いた。

「いや、何でもねえんだ。こっちのことだ」伝次郎が答えた。

「もしかして、新宿の？」

「知っているのか」伝次郎と鍋寅が声を揃えた。

「へい。次兵衛さんは、手前の店の品をよく仕入れてくださいます」

「そうだったのかい」

「次兵衛さんが、何か」

「何もしちゃいねえ」と言って伝次郎は振り返り、「この半六と出会い頭にぶつかったんで、何をしているのかと訊いたってだけだ」

「それはどうも、相済みませんで」

「お前さんが謝ることじゃねえ。こっちが八丁堀なもんで、返答がしどろもどろでな、言っていることは本当か、と疑っていたんだが、どうやら俺たちの見誤りらしい」

「と存じます。商いで芽を出すんだ、と張り切っておりますです」

「それはよかった」

「次兵衛さんも以前は……こんなことを申し上げてはいけないのでしょうが、何か旦那方のお手を煩(わずら)わせたことがあったとか。でも今は真面目にやっておりますので」

「らしいな。疑って見てはいけねえな」

「へい。梅吉は戻って来られるのかどうか分かりませんが、戻って来た時、世間様にどう見られるのかが心配で」

「心するぜ。ありがとよ。今日はいい話が聞けた。礼を言うぜ」

作太郎の床店を出た。作太郎は店頭に立ち、伝次郎らが通りを折れるまで見送っていた。

「あっしら、次兵衛のことを疑ってやしたですね」

「しっかり疑った」

「いけやせんね……」

「そうなんだが、難しいところだな。気持ちは堅気になろうとしても、心の底の底が、裏切ろうとするかもしれねえしな。次兵衛はそうじゃねえ、とは言い切れねえよ」

「ねえ、旦那」と鍋寅が言った。「明日は幹三郎でも訪ねてやりやしょうか。この十九年、真っ直ぐ生きて来たんですから、褒めてやりてえじゃねえですか」

「それもいいな」

四

十一月二十日。

昼を過ぎて、雪がちらりと舞った。幹三郎は、天秤棒を肩に、森下を流していた。この森下から土腐店辺りの寺を四、五日置きにぐるりと回ると、結構な反故紙が出るのである。しかし、この日は紙の出物はほとんどなかった。

まだまだ稼ぎが足りねえ。

幹三郎の足は西へと向かった。新堀川を渡り、土腐店を流そうと思ったのである。土腐店は、広徳寺の東方にある唯念寺の門前辺り一帯を言った。

空を見上げた。ちらちらと、思い切り悪く雪が舞っている。

積もりそうな降り方ではなかったが、日暮れまでには片付けちまおう、と足を急がせていると、赤子の泣き声が聞こえて来た。

桃林寺門前町を過ぎ、不動院と龍宝寺に挟まれた町屋のないところである。しかも、空からは雪が落ちている。赤子の声が聞こえて来るのは、いかにも妙だった。

幹三郎は立ち止まり、泣き声のした龍宝寺の藪を覗き込んだ。人の気配はない。

猫か。猫が鳴いたのか。小首を傾げた時、また赤子が泣いた。間違いなく、赤子の声だった。幹三郎は、天秤棒を置き、凝っと耳を澄ませた。泣き声の方角が分かった。裏門の方だった。冬枯れの藪は見通しが利いた。裏門を見ながら石畳を踏んだ。だが、赤子の姿はない。どこにいるんだ？　見回すと、門脇の岩の陰に、襤褸にくるまれた赤子がいた。まだ生まれて間もないのだろう。目も開いていない。

弱っちまったな。どうすりゃいいんだ。見た限り、置き手紙のようなものはない。

取り敢えず、自身番に届けるしかねえが……。

名を訊かれ、調べられたらどうすればいいのか。左の腕には、島に送られた時に彫られた入墨がある。島帰りと分かれば、拙いことになりはしねえか。

だが、放っておいたら、この赤子は死んでしまう。

構わねえ。俺はどうなってもいい。とにかく、この赤子を助けなくては。

抱き上げようとした時、

「何をしてやがる?」

声に驚いて飛び退くと、男が手にした十手が目に飛び込んで来た。

「それは何だ? 捨てようとしていたのか。それともまさか、てめえ、勾引して来たんじゃねえだろうな?」

手下の二人が、左右から幹三郎の腕を摑んだ。

「ふん縛れ」

幹三郎の身体に縄が打たれた。

伝次郎らが、幹三郎が龍宝寺門前町の自身番に引き立てられていると知ったのは、一刻(約二時間)余後のことであった。

赤子を勾引した者が捕らえられた。そいつは島帰りの紙屑買いの者らしい、という話を小耳に挟み、まさか、と駆け付けたのだ。

幹三郎は、自身番奥の板の間の鉄輪に繫がれていた。顔に殴られた痕があった。恐らく、ここに引き立てて来た御用聞き・真砂町の弁吉が付けた痕だろう。

「何があった?」伝次郎が弁吉に訊いた。

「この野郎が、餓鬼を捨てるか、かっ攫って来たんでさあ」

「見たのか」

「気付いたのは、その後でしたもんで」

「証は？」

「そんなものは……」

「ねえだろう。あるはずがねえ。こいつはな、この幹三郎はな、腐ってもそんなことをする奴じゃねえんだ。解け」

「ですが。今御奉行所に……」

知らせを走らせたのか。それで、定廻りが来るまでにと、無理矢理白状させようとしていたのか。

「てめえ。俺は潜りだと言うのだな」

「へっ……？」

「俺は同心ではねえ、と」

「とんでもねえことで」

「俺の名を言ってみろ」

「永尋掛りの二ツ森伝次郎様でございます」

「よく知っていたな」

「あっしも御用聞きの端くれでございますから」

「その二ツ森伝次郎が、解け、と命じたんだ。聞こえなかったのか」

「聞こえておりました」

「そうか。身体が動かねえのか。分かった。鍋寅、解いてやれ」

鍋寅が奥に入り込み、手と鉄輪を結んでいる縄を解いている。鉄輪が高い位置にあるので、床に座らされていた幹三郎は、両手を挙げているような姿になっていた。

「旦那。そいつは島帰りなんですぜ」

袖がずり落ちて、入墨が露(あら)わになっている。いつもは布を巻いて隠してあったのだろう。布が床に落ちていた。

「だから、何だ。罪を償(つぐな)って帰って来たら、きれいな身体だろうが」

「ですが、藪ん中に赤ん坊と二人きりで……」

「幹三郎は独り者だ。捨てる餓鬼はいねえ。それにな、幹三郎を取っ捕まえてからどれくらいになる?」

大家に訊いた。一刻半余だと答えた。

「その間に、勾引されたという申し出は?　あったのか、なかったのか」

他の大家らに訊いた。

「ございませんです」

「そうだろう。とすれば、捨てられたと見るのが当たり前だろうが、どうだ？」

「それは、そうかもしれねえですが……」

「端から疑うから、しくじるんだ。もっと人ってものを信用しろ。幹三郎は腕のいい職人だったんだ」

言ってもいいか。幹三郎に訊いた。小さく頷いて見せた。

済まねえな。幹三郎に言い、続けた。

「弟弟子の面倒もよく見た。だが、どこにでもいるんだが、言うことを聞かず逆らうのがいた。ついそいつを小突いちまったら、倒れてな、打ちどころが悪くて死んじまったんだ。こいつは根っからの悪じゃねえんだ。分かってやってくれ。懸命に生きているんだ。皆で支えてくれとまでは言わねえが、そっとしといてやってくれ。頼む」

頭を下げた伝次郎よりも、もっと低く背を屈め、

「済まねえ。幹三郎さん、許してくんな。俺が間違っていた」

弁吉が膝に手を当てた。手下らが続いた。

「分かってくれればいいんだ。明日からは、よろしく頼むぜ」

ところで、と大家に訊いた。赤ん坊はどうしている？

「近くの裏店に子供を産んだばかりの女房がおりまして、乳が溢れる程出るので、預けております」

「亭主は？」

「真面目な男でございます」

「そうか。助かるな」

「赤ん坊のことですが……」

捨て子を見付けた時は、直ちに奉行所に知らせ、里親を見付け出さねばならなかった。里親が決まるまでの間は、町内で養育するのである。

「もう直ぐ奉行所から誰か来るだろうから、そいつに言ってくれ。俺は幹三郎を預かるからな。いいな」

「あっしがお待ちしておりますので」弁吉が言った。

「頼んだぜ」

幹三郎を促して自身番を出た。雪は止んでいたが、道は白く覆われていた。

幹三郎の天秤棒と籠に、雪がうっすらと積もっている。幹三郎が雪を叩き落とした。

「温かいものでも奢らせてくれねえか」

「そんな。助けていただいただけで十分でございます」

「そう言ってくれるな。このまま右と左って訳にはいかねえし、俺たちも目が回る程腹が減っているんだ。助けてくれよ」

「では、少しだけ」

「助かったぜ。どこが美味いんだ？」

通りを見た。

「さあ、どこかと言われても、入ったことがねえもんで……」

「いつもは？」

「てめえで作っております」

「この辺りの店に、八丁堀と入って大丈夫か」

ちらほらと縄暖簾と飯屋の暖簾が見える。

「もう知れ渡っているでしょうから」

「違いねえが、一応な」

煮売り酒屋に決め、伝次郎は隼と半六を連れて、表の腰高障子を開けた。中の客が一斉に伝次郎らを見ている。その隙に裏から、鍋寅が幹三郎を連れ、二階に上がった。天秤棒と籠は裏口に置かせてもらった。

幹三郎に足を崩すように言い、鰯の摘入と青菜と大根などの鍋を囲んだ。酒を勧めたが、断っておりますので、と杯一つ受けようとしない。

「いいか。お前は罪を償ったんだ。それを忘れるなよ」

「………」

「食ってくれ。のんびりしていると、こいつらに食われてしまうぞ」

「へい……」

「取ってやれ」

伝次郎が隼に言った。隼が取り皿に摘入を入れた。

「何かお好きなものは？」

「大根で」

大根を足した。

「里芋は？」

「好きです」

里芋を載せた。受け皿から盛り上がっている。

「食え、食え」伝次郎が言った。

「美味いもんでございますね」

「そうだ。冬は温かいものだ。また誘うからな」

「旦那。《鮫ノ井》の卵焼きを食わせてやりてえですね」

「そいつはいいな」

「そんなに、美味いんですかい？」

「あそこのは、卵のとき具合、出汁と酒の混ぜ具合、それに焼き具合が絶妙なんだ。ですよね、旦那？」

「こいつの舌は信用出来ねえが、あそこのは確かに美味い。それだけは間違いねえ」

「嫌だな。褒められている気がしねえや」

飯と卵をもらい、粥にして食べ終えるまで、幹三郎は己のことは口にしようとしなかった。無理に話させることはない。伝次郎は、聞き出そうとはせずに、困ったことがあったら、俺の名を出せ、と言い聞かせ、こし屋橋の袂まで送り、そこで別れた。橋を渡った向こうから頭を下げている幹三郎がいた。

十一月二十五日。

武州川越から江戸に紛れ込んで来た盗賊を追い回している間に、四日が過ぎてしまっていた。その間に、真夏が下高井戸から戻って来た。真夏は河野と組んで探索に加わっていたが、盗賊を捕らえ終えたので、永尋の控書の整理を手伝っている。

隼の手習いは進んでいない。今日は近から教わっていろ、と命じ、俺たちは阿部川町辺りに行ってみるかと、鍋寅と話しているところに、真砂町の弁吉が永尋の詰所を訪ねて来た。

「ちょいと幹三郎のことで、お耳に入れたいことがございまして」

何か間違いを起こしたのか。思いを隠し、土間から上がるように言った。近の淹れた茶を一口啜ると、弁吉が話を始めた。

「すべてあっしが蒔いた種なのですが、あれから、島帰りの話が広がっちまったので、そうじゃねえんだ、悪い奴じゃねえんだ、と火消しをしていたんでやすが、その途中で色んな話が聞こえて来まして、それをお話ししておいた方がよろしいかと存じまして……」

伝次郎は、弁吉が話すに任せた。

「これから申し上げることは、細切れでございますが、旦那ならくっ付けてくださるでしょうから、お話しいたしますと、ある者には『刃物を扱うことだけはしたくねえ』。またある者には『俺ははぐれ者だ。半端仕事なら喜んで引き受けるが、筋の通った、褒められるようなことはしたくねえ』。『病で倒れたら餓え死にすればいい』。そんなことを話したことがあったそうでございます。それで、使う金と言えば、酒なんぞ一滴も飲まねえで、店賃に飯代に薪代、そんなところなんでやすが……、年になにがしかの金を、ある者に届けているという話がございました……」

　その、ある者というのは、と言ってから一呼吸空けて、弁吉が名を口にした。

「研ぎ師の泰之助でございます」

　二十七年前、幹三郎が事件を起こした時、幹三郎とともに弟弟子の面倒を見ていたのが泰之助だった。

「今は《山城屋》の研ぎを仕切っております。出過ぎとは分かっておりましたが、気になるもので、泰之助に会って、問い質して参りました。と、泰之助が申しますには、その金を、和助の女房に届けているそうなのでございます。『決して俺からだとは言わずに、お前の懐から出たものとして渡してくれ』と拝むようにして頼まれたのだそうです。幹三郎の仕事は、地を這うような仕事でございます。あっしには、幹三郎がてめえを虐めて生きているように思えてならねえんでございます……」

「分かった……」

「いえ、旦那。話はまだ先がございまして……」

弁吉は温くなった茶を飲み込むと、続けた。

「旦那。あの捨てられていた赤子を、幹三郎に育てさせてはどうかと、そんなことを考えたのでございますが、いかがでしょうか。何と申しましょうか、張りが出来るんじゃねえかと思いまして」

「育てると言っても、小さ過ぎねえか。まだ乳飲み子だぞ」

「ですから、歩けるくらいになるまでは、あっしの女房とか皆で手伝いますので」

「考えもしなかったぜ」

「何があろうと、あっしの目の黒いうちは、野郎を守ってご覧に入れますんで」

「そう言ってくれる親分の気持ちは嬉しいが、奴にも言い分があるだろうしな。訊いてみなくてはなるめえよ」

「それをお願いしたいと、今日訪ねて来たんでございます。何しろあっしは、奴にひどいことを言い、殴りもしちまったので、ちいとてめえの口からは……」

「ありがとよ。親分の気持ちを伝えて、話してみようじゃねえか」

弁吉は、河野と真夏と鍋寅らに頭を下げると、ご馳走さん、と近に湯飲みを渡し、詰所を出て行った。

戸口で弁吉を見送っていた鍋寅が、旦那、と伝次郎に言った。

「いい御用聞きが一人生まれやしたですね」

五

伝次郎は鍋寅らと御蔵前片町の亀五郎を訪ね、幹三郎の一件を話してから、新堀川の東沿いの道を龍宝寺門前町に向かった。

寿松院の北門前を通る時、ふと梅吉が出て来やしないかと新堀川越しに横町を見たが、それらしい姿は見えなかった。

龍宝寺門前町の自身番で、赤子を探している者が現れなかったか訊いたが、これという申し出はなかったらしい。近くの自身番も同様だった。

「やはり、捨て子で間違いねえな」

大家らは、町名主と月行事が集まって、里親探しの相談をするからと自身番を出たので、伝次郎らも夕方幹三郎が戻って来るまで、市中の見回りをすることにした。

土腐店を抜け、下谷広徳寺前を通り、山下に出た。この先の三橋を越えた辺りから不忍池を囲む一帯は、出合茶屋が軒を連ねており、仕出し屋やらも多い繁華な土地だった。当然のように、悪いのも火影に誘われた蛾のように集まっている。

「一人たりと見逃すもんじゃござんせんや」

威勢よく始まったが、いねえもんですね、と夕刻になり首を捻ったところで、阿部川町に向かうことにした。そろそろ幹三郎が一日の商いを終えて戻る頃合だった。

幹三郎は、奥の原の《金兵衛店》に帰っていた。

腰高障子の外から声を掛けると、包丁の音が止んだ。葱を刻んでいたらしい。葱がにおった。

「何か」

「済まねえ。ちいと相談があってな」

「どうぞ……」

「上がりはしねえが、ちょいと入れてもらうぜ」

上がり框に腰を下ろした。

鍋の蓋が騒いだ。湯がたぎっている。豆腐があった。朝炊いた冷や飯を、湯豆腐で食べるつもりなのだろう。

「手短に話すとな……」

何でもねえんで。鍋寅が誰かに言っている。どうしたのか訊くと、大家の金兵衛が出て来ているらしい。

「丁度いいや。呼んでくれ」

大家が狭い土間に顔を入れた。そこじゃ、話が遠い。もっと近くに来てくれ。大家が伝次郎の膝許に立った。

「実はな。幹三郎が赤子を拾ったんだ。知っているな？」

「へい。聞いております」

「その赤子をだな。幹三郎に預けたらどうだって話があるんだ」

幹三郎と大家が同時に驚きの声を上げた。

「そりゃ、無理ってもんでございます」幹三郎が言った。「あっしは独り者でございますし、それに乳飲み子なんて、どう扱ったらいいのか、皆目分かりません」

「この話を言い出したのは、真砂町の弁吉なんだ」

「あの親分さんが……」金兵衛が言った。

「うむ。弁吉が言うには、乳飲み子の間は、もらい乳すればいい。這う、立つまでの間は、弁吉の女房たちが助けに来て面倒を見る。そこまで言ってくれているんだが、どうだ？　育ててみねえか」

「ですが、手前はもう六十でございます。先がありませんし……」

「俺は六十九で、このとっつぁんは七十三になる。先はあるんだよ。七十三まで保てば、赤ん坊は十三になっているんだ。どうだ？　こんなことを言うのも、皆、お前の人柄に惚れてのことだ。大家さんだって助けてやるだろ？」

「勿論でございます」

「今ここで返事はしなくてもいい。考えておいてくれ」

　幹三郎が頷いた。

「赤ん坊の名だが、お前が見付けたんだ。名の一字をもらってもいいか」

「そいつは勘弁しておくんなさい。それじゃ、あの子に済まねえ。あっしは……」

「誰も気にしちゃいないですよ」金兵衛が言った。

ありがとよ。伝次郎が金兵衛に言った。

「一緒に考えておいてくれ」

幹三郎が力無く応えた。

何か作っているようだが、どうだ、飯でも食わねえか。誘ってみた。

「今夜は用意をしちまったので」

「豆腐が、好きなのか」

「へい。目がないと申しますか。たった一つの楽しみで」

「そうか。この前の時に言ってくれればよかったじゃねえか」

「あの摘入も美味かったです」

「よし今度は湯豆腐にするぜ。二、三日したら誘いに来るからな」

伝次郎は幹三郎の借店を出ると、金兵衛に丁寧に挨拶をして長屋を離れた。

十一月二十八日。

昼を過ぎてから降り出した雪が、本降りになる気配を見せて落ちている。

竈屋の宇平が藁を切っている梅吉に、上がろう、と言った。

「こんな日は、早仕舞いにしようぜ」

「ありがとうございました」梅吉が、藁の付いた髪を縦に振り下ろした。

「めし、食ってけ」

「叔父さんが、待ってくれていますので」

「そうか。今度は先に言っとかないといけねえな。となれば、足許が明るいうちに、早く帰った方がいいな」

こっちこそ、今日もありがとよ。宇平は梅吉を送り出すと、空を見上げ、掌を差し出した。灰色の雪が、掌に落ち、見る間に解けている。手を叩き、ぶるっと肩を震わせて宇平が腰高障子を閉めた。と、帰ったはずの梅吉が戻って来、店の脇に置いてある土を入れた樽から襤褸切れの包みを取り出し、抱えるようにしてこし屋橋の方へと走り出した。

雪が落ちている。水気を含んでいるのだろう。すっと落ちてゆく。

梅吉の足がこし屋橋の橋板に掛かった。前から天秤棒を担いだ紙屑買いが来た。幹三郎である。足許に気を付け、ゆるりと下りて来る。見上げた梅吉と幹三郎の目が合った。梅吉の足が滑った。足が後ろに流れ、抱えていた檻褸切れが手から落ちそうになった。

「危ねえ」

幹三郎の手が伸び、檻褸を摑んだ。取られると思ったのか、梅吉が手を引いた。

「痛えっ」

檻褸から食み出した出刃が、男の掌を切った。指を伝った血が、雪に落ち、点々と跡を付けている。朝、出掛けに作太郎の借店から持ち出して来た出刃だった。

幹三郎が梅吉を見た。てめえは、と言おうとして、口を閉じた。

梅吉は幹三郎の掌と顔を交互に目で追い、橋板に手を突き、額を擦り付けた。

「御免なさい。御免なさい」

「……大丈夫だ。心配するな」

幹三郎は頰被りしていた手拭いを取り、掌にきつく巻いた。

「その出刃を、どうするんだ?」

「届けに……」

遠いのか、と幹三郎が訊いた。

近くです。

「行きな」

「いいんですか」

梅吉の目が小刻みに揺れ動いている。

「……気を付けるんだぜ」

「ありがとうございます」

何度も何度も頭を下げて、梅吉が橋を越えて行った。擦れ違うようにして、男が走って来るのが見えた。

「今晩は」

誰かが閉めたばかりの雨戸を叩いている。男の声だった。宇平は、ひょいと立ち上がって表に行き、雨戸越しに答えた。今日は店仕舞いしちまったので、明日またお越しください。

「梅吉の大叔父の作太郎でございます。梅の奴は?」

宇平は急いで戸を開けた。

「もう大分前に、帰りやしたが」

「それが、帰っていないんで」

「どこぉ寄り道してやがるんでぇ。心当たりは？」

「そんなものは。今日は母親の祥月命日なので、どこかに寄るなんてことは……」

その頃――。

梅吉は、門跡前にいた。本法寺門前の医師・諸川寿庵の家の戸を叩いていた。

「お頼み申します。お頼み申します」

戸の内側で人の気配がした。

「田原町の《上州屋》から使いで参りました」

《上州屋》は、紙問屋を営む大店であった。

「旦那様が、高い熱なのでございます。お助けください」

戸を開ける音がし、弟子なのか、若い男が梅吉を見、招じ入れ、待つようにと言った。

やがて、奥から咳払いとともに諸川寿庵が現れた。梅吉は背丈も伸び、顔も僅かに大人びて来ている。梅吉とは気付かず、寿庵が《上州屋》の具合を訊いた。

「熱が……」

言いながら、近付き、襤褸を落とした。出刃が剝き出しになった。

寿庵の顔が凍り付いた。梅吉の突き出した出刃が、柄まで腹に埋まった。


その梅吉が、まだ本法寺門前目指して駆けていた頃――。

幹三郎は出刃の傷口を縛り直していた。滴り落ちる血が足許を汚し続けている。医者に行くしかねえか。橋を渡って来る足音がした。

「相済みません」

天秤棒が、橋を半分塞いでいた。端に寄せようと、幹三郎が手を伸ばしたところに、男が身体をぶつけて来た。跳ね飛ばされそうになったのを堪えていると、脇腹が燃えるように熱くなった。匕首が刺さっていた。

男を見た。見覚えはなかった。

「誰でえ？」

男が、手を震わせたまま立ち尽くしている。

「誰なんだ、てめえは？」

「親父の仇を取ってやった。思い知ったか」

「親父……？　それじゃてめえは、和助の倅か」

「そうだ。島から戻ったのは知っていたが、探しても分からなかった。それが、やっと……」

赤ん坊騒ぎで、か。そうか。

「行け」と幹三郎が言った。「てめえのことは、誰にも……」

呼子が鳴った。走り寄って来る足音が聞こえた。怒鳴り声もしている。伝次郎の声だった。

「逃げろ」幹三郎が言った。「尚吉、逃げるんだ」

「どうして俺の名を？」

「忘れるか。いつかお前に謝ろうと、ずっとずっと……それだけを……」

「嘘だ、嘘だ」

尚吉が、喚きながら橋板に崩れ落ちた。鍋寅と半六が縄を掛けている。

「大丈夫か」伝次郎が幹三郎を抱えるようにして起こした。起こしながら半六に、医者だ、と叫んだ。

「直ぐだ。直ぐに医者が来るからな」

「旦那。これでいいんです。これで、やっと休める……」

尚吉はまだ喚き続けている。

「うるせえ。自身番に連れて行け。後で、こってり調べてやる」

鍋寅が引き立てた。

「旦那、ありゃあ、あっしが殺した和助の倅でさあ……」

「何だと」

「あれから、あっしを探していたと言ってました」

「すげえ執念だな」

「旦那……。恨みって奴は、憎い相手が死んだ時が終わりで、生きている限りは、終わらないんですよ……。早く終わりにしましょう。こいつを抜いてください」

幹三郎が匕首を探った。

「抜いたら死ぬぜ」

「後生でございます」

「出来ねえ。生きる望みがちびっとでもあるうちは、生きろ」

微かに笑った幹三郎が、ふと思い付いたように訊いた。

「旦那……、どうして、今頃?」

「言っただろうが、二、三日したら湯豆腐に誘う、と。美味い湯豆腐を食わせるところがあるんだ」

「美味いって……、どんなのなんです？」

「どんなのって、お前……」

「もう食えねえかもしれねえじゃねえですか……」

「水を張った鍋に昆布を敷いてな、豆腐を置くんだ」

「………」

「そこに塩をちびっとな。ちびっとだけ落とす。肝心なのは付け汁だ。醤油に味醂に出汁を合わせたものに、大根卸しをな、口がひん曲がるような大根じゃねえぞ、甘くふっくらとした大根卸しを入れて食うんだ」

「美味そうですね」

「美味いぞ。食いに行くぞ」

「へい……」

流れ出た血が、雪を赤く染めている。その上に雪が、真っ直ぐに落ちては積もっている。

「幹三郎」

「へい……」

「寒かねえか」

「旦那は……」

「寒い」

「あっしもで……」

「今度から刺される時は、炬燵の中で刺されろ」

「無茶を、言いなさる……」

半六が、医師らしい男を連れて駆けて来るのが見えた。

「医者が来たぞ」

「………」

「医者だぞ」

「………」

半六が連れて来た医師が、荒い息を吐きながら、門跡前は大変な騒ぎになっている、と言った。

「あの諸川寿庵が、親類にお預けになっている子供に刺されたそうでございますよ」

幹三郎の身体がぴくりと震え、沈んだ。

第三話　浮世の薬

一

十一月二十六日。

この日は、伝次郎が阿部川町の《金兵衛店》に幹三郎を訪ね、拾った赤子を引き取ってみないか、と言った翌日になる。

朝食を終えた伝次郎は、ゆったりと茶を飲んでいた。伊都は台所で片付をしている。居間で一人ぼんやり座って茶を飲んでいると、俄に隠居になったような気分になり、尻が落ち着かない。鍋寅の奴、どこをよろよろ歩いているのか、と怒鳴りたくなるのを我慢して湯飲みに目を落とした。

新治郎は、早めに迎えに来た手先の御用聞き・堀留町の卯之助らと飛び出して行った。川越の盗賊の件と、芝口三丁目の太物問屋に押し入った盗賊の件と、更にもう一つ追い掛けていたのが、盗賊・古狐の藤助一味であったが、その藤助と繋がる者が殺されたと、玄関先で騒いでいた。

正次郎は、牢屋見廻りに配されていた本勤並が、転んで足の骨を折ったため急遽助っ人として回らねばならず、その準備があるからと、早めに出仕して行った。

見習の時の勤め方がよかったからと呼ばれたらしいが、褒めると癖になるので、猫より増しと見られただけだ、と憎まれ口を叩いておいたが、奴は奴なりに踏ん張っているのだろう。

二ツ森家としては、よい方へと進んでいるようである。これも偏に、新治郎や正次郎が、俺の生き方を見て、学んだ賜物だろう。

ふふ、と笑おうとしたところに伊都が、干し柿を持って座敷に入って来た。笑う前でよかった。誰もいない居間で、こっそりと笑っている。そんなところを見られたら、何と思われるか。

「牢屋は」と干し柿の皿を伝次郎の前に置き、「いつでも一杯だそうでございますね？」

「悪いのはたくさんいるからな」

干し柿を一つ手に取り、かぶりついた。甘くて美味い。褒めた。

「沢松様の御新造様から頂戴しましたものです」

沢松甚兵衛は、伝次郎が捕物のいろはから叩き込んだ定廻りの同心で、今は筆頭として新治郎らに命を下している。

「こういうことには、気が回るのだな、あの男は」

「捕物の方はいかがなのでございますか」

「もう一つ足りぬな」

「誰が、指導したのでしょうか」

「俺……だが」

伊都が、目をくりくりさせて伝次郎を見ている。

「何だ、俺の指導の仕方が悪いとでも申すのか」

「そのようなことは、一言も」

「目が言っていた」

「まあ」

伊都は楽しそうに笑うと、義父上(ちちうえ)は、と言った。悪い者はたくさんいると仰しゃいました。

「確かに言った」

「でも、江戸にはこんなにたくさん人がいるのに、牢に入っているのは一握りの者でございますよ。よい人の方がたくさんいる、ということでございましょう？」

「そうかもしれぬ。だが、悪いのだって多い。なのに、牢屋にいるのは少ない。つまりは野放しになっている者が多い、ということだ」

「とは言いましても、よい人の方が多いから、世の中が回っているのですよね」

「だとよいのだが、よい者より悪い者の方が、回す力が強いこともある。腐っていない食べ物と腐ったものを一緒に食べると、腹が痛くなることがあるであろう。腐ったものの方が強い時もあるのだ」

「分かり易いです」

「であろう」伝次郎が満足そうに頷いた。

「ですが、それでは、おかしな世になってしまいます……」

「そうだ。おかしくなってしまうのだ。何があろうと、正しい者が笑う世にしなければならん。この世の中には、いい奴と悪い奴しかおらぬ。そのいい奴を助け、この世が正しく回るようにせねばならぬ。そのために、何をしたらよいのか。先の世を担う者、つまり正次郎だな。奴のようなのを鍛(きた)えてやらねばならん、ということになる訳だ」

干し柿を食い千切(ちぎ)り、蔕(へた)を皿に捨てた。伊都の目が光った。

「義父上に倣(なら)い、私も及ばずながら」

「いや、そなたは腕まくりせんでもよい」

木戸門が開き、玄関から鍋寅の声が聞こえて来た。

「さて、行くかな」

言いながら立ち上がり、伊都に言った。

「くれぐれも言うておく。そなたは、何もせんでよいからな」


十一月二十七日。

昨夜遅く雪が舞ったが、朝日に解けてしまった。青い空が広がっている。

「出掛けますよ。お供をなさい」

伊都が、非番の正次郎に言った。

「お届け物の菓子を求めに行くのです」

新治郎と同期に出仕した同心の倅が妻女をもらうことになり、その祝いを述べに伊都が出向くことになった。その時の手土産だという話だった。

「《三春屋》ですか」

伊都が上等の菓子と言う時は、小舟町一丁目にある《三春屋》に行き、《花えくぼ》を求めるのが常だった。糝粉餅を笑窪のように凹ませ、小豆餡を詰めたもので、季節によって白餡になったりした。

「嫁さんは、どちらからもらうのです?」

「御新造様は、どちらの御方です、と言い直しなさい。そなたより年上ですよ」

正次郎が改めて聞き直した。

「地蔵橋を渡った島貫様の御息女だそうです。門前廻り同心の」

門前廻りは、老中や若年寄の御逢日や御対客日に門前を見回る役目であった。

「あれは……」

詰まらない役目だ、と言おうとして、急遽止めることにした。小言を食らうに決まっている。

「あれは、何です?」

「素晴らしいお役目だと……」

「そのような時は、あのお役目は、と言いなさい。あれは、は貶めています」

「はい……」

「分かったのなら、支度をなさい。出掛けますよ」

何やら、意気揚々としている。鉦と太鼓を鳴らせばひょこひょこと踊り出すのではないかと思われたが、これも言うのを止めた。小言を食らうより、お供の褒美で美味いものを食らう方が、益になる。

「直ちにいたします」

正次郎は、乱れ箱から火熨斗の利いた袴を取り出した。


正次郎と伊都は、組屋敷を出、細川越中守の中屋敷と九鬼式部少輔の上屋敷の裏を通り、海賊橋を渡った。晦日に近いので、人通りが多い。千代田の御城の魚御買上所である活鯛屋敷の前を通り、江戸橋から荒布橋に抜け、北に折れた。辺りは小舟町の三丁目である。堀留町入堀の柵に、都鳥が五羽並んで羽根を休めていた。横目を使い、近付いて来る正次郎らを見、僅かずつ離れようとしている。伊都がくすりと笑った。正次郎も、声には出さずに笑った。

静かだった。町がではない、伊都が静かだったのだ。屋敷では、口うるさくしていたので、歩きながらも小言を言われるのかと覚悟していたのだが、屋敷を出てからはおしとやかにしている。

まずはよかったな、と思った途端、伊都が、ご覧なさい、と言った。

何を見たらよいのかと訊こうとして、伊都の目を追った。

あれこれと物色しているのか、一ところに留まらず、右に左にと動いている。

「いろいろな顔をしているものですね」と伊都が言った。

向かいから来る人びとの顔を見ているらしい。

「よいですか」と伊都が言った。「この世には、二種類の人しかいないのです

……」

「はあ」

「よい心根の者と悪い心根の者です」

前を見ていた伊都が、正次郎に肩を寄せ、ほらっ、と言った。

「来ますね。来ますね。鉄色の袷（あわせ）です」

お店者らしい男が歩いて来る。

「あの者は、よい者ですか、悪い者ですか」

「さあ、どちらでしょうか」

「そなたは、これまで何を見て来たのですか。何を学んで来たのですか。それらのものを集めて、お答えなさい。行ってしまいます」

「では、よい方かと……」

鉄色が、脇を通り過ぎて行った。

「そうです。よい人です。あの者の心には、棘が刺さっておりませんでした」

「分かるのですか」

「分からなくて、どうします。まさか、そなた、分からないとか……」

伊都が口許に手を当て、しみじみと正次郎を見上げた。

前から人が来た。お店者ではなさそうである。少し崩れている。あれは、どうなのか、と伊都に訊いた。

「悪いですが、小者ですね。まあ、許せるといったところでしょう」

また、来た。今度の男は、青丹色の羽織を纏っている。お店者なのだろうか。

それにしては……。

「あれは？」

伊都は、男を見ようともせずにやり過ごすと、小声になった。

「腐っています。根腐れしていると言ってもいいでしょう。目に険がありました」

確かに、堅気とは違うように感じられたが、腐っていると言う程、悪くは見えなかった。

「信じられませんね」

言い終わらぬうちに、伊都がくるりと向きを変えた。

「そこまで言われたのなら、尾けてみましょう」

「ええっ」

正次郎が叫んだ時には、伊都はもう歩き始めていた。

「菓子は、どうするのです？」

「後です」

男は、荒布橋の東詰に出ると、橋を渡らずに東に折れ、照降町に入って行った。そのまま親父橋を越え、葭町へと歩みを進めている。葭町、本当の町の名は堀江六軒町である。その堀江六軒町の中程で、足の運びがゆったりとなった。

「正次郎……」

伊都が、紫蘇酒屋の暖簾の陰に入り、正次郎を手招きした。正次郎が隠れると同時に、男が振り向いた。

「呼吸です。あの者の呼吸に合わせただけです」

伊都が胸を反らすようにして言った。

男が、担い売りに近付いて行った。担い売りは、引き出しがたくさん付いた担い箱を、肩から下げていた。引き出しの鐶が光った。煙草売りだった。

男は、煙草を求めると、その場に立っている。煙草売りが、こちらに来た。伊都と正次郎のいる向かいの蠟燭問屋《飛驒屋》脇の路地を奥へと入って行き、中程で鐶を音立てて鳴らし、刻み煙草はようよう、と声を上げている。蠟燭問屋の裏木戸が開き、襷を掛けた女が半身を現し、二言三言言葉を交わすと、引っ込んでしまった。煙草売りは、鐶を手で押さえるようにして通りに戻ると、男と少しの言葉を交わし、急ぎ足で立ち去った。

「妙ですね」と正次郎が言った。

「あれは、妙と言うのでありません。義父上なら、怪しいとか、くせえとか、言うものです」

「どうします？」

「尾けるのです」

「どっちを?」

「腐った方に決まっています。煙草売りより、悪の度合が上ですからね」

男が歩き出した。住吉町（すみよしちょう）に行き当たると南に折れ、竈河岸（へっついがし）に出た。浜町堀から西に枝分かれした河岸である。

男は河岸の西端にある茶店に入って行った。

「行きましょう」

「行くんですか。顔を見られますよ」

「見られて恥ずかしい顔など、しておりません」

「分かっています」

母上は、とてもきれいな顔立ちをしておられるので、自慢です。

「あらま」おほほ、と笑うと、ご馳走しますからね。茶屋に向かってしまった。

男は奥の方の縁台で、もう一人と額を寄せるようにして話し始めていた。

前からいた男が、ちらと正次郎らを見たが、母と倅と見て、直ぐに顔を戻した。

「お茶と団子を」

正次郎が茶店の女に言った。待つ間もなく、茶と団子が来た。

「そなたがいただきなさい」

　伊都が団子の皿を正次郎の方に寄せた。串団子に、砂糖醤油の垂れが付いていた。伊都は、湯飲みを両の手で包むようにして、男どもの声に聞き耳を立てている。

　短い言葉の遣り取りの後、一人が立ち上がった。気配からして、正次郎らが尾けた男のようだった。

「万三（まんぞう）。いいから、聞け」

「そうは言っても……」

「つべこべ言うな」

　男が腰を下ろしたらしい。尾けていた男の名は万三であるらしいと知れた。

　男どもは小声で話している。

　団子を食べ終わったが、男どもの話は終わらない。正次郎が、茶店の女に団子をもう一皿、と手真似で注文した。

　団子の皿を受け取り、一串を食べ終え、二串目を取り上げたところで男どもが奥から出て来た。横を通り過ぎる時、先に来ていた男の右腕に刀傷があるのが見えた。正次郎は素早く目を団子に戻し、殊更（ことさら）大きく開けた口に押し込んだ。

　男どもが、右と左に分かれた。

「やはり、何かおかしいですね」

「そうでしょ」

「恐れ入りました」

　正次郎が頭を下げると、伊都が満足そうに笑った。この短い一瞬を、右腕に刀傷のある男が、振り返って見ていた。正次郎と伊都が笑っているのを見て、何でもなかったか、と呟き、歩き出した。聞き耳を立てられていたような気がしたのである。

　正次郎と伊都は、そろそろ行きますか、とやおら立ち上がって、再び男の後を尾け始めた。

　男は、石を蹴飛ばしたりしながら人形町（にんぎょうちょう）通りを北に進むと、杉森新道（すぎのもりしんみち）に折れ込んで行った。

「どうやら、塒がありそうですね。親子連れは目立ちますから、母上は少し遅れて来てください」

　正次郎がするすると前に出た。

　男は、提灯屋の脇の木戸を潜って長屋に消えた。どうしようかと迷ったが、正次郎は足音を忍ばせて路地に入った。男は中程の借店に入って行った。長屋の名は《吉松店(よしまつだな)》といった。

　通りに戻ると、どうでした、と伊都が訊いた。

「何だか怪しいのか、怪しくないのか、分からなくなりました」

「難しいところですが、人は一人ひとり何かいざこざを抱えていることが分かりました。茶店で会った男と何かで揉めていましたものね。あのようなことから、刃傷沙汰(にんじょうざた)になって行くのでしょうね」

　うん、うん、と頷いている伊都に、菓子はよろしいのですか、と正次郎が訊いた。

「忘れておりました。急いで買いに行きましょう」

　伊都の足はもう向きを変えていた。

　へいへい、と言って、正次郎が後を追った。

二

　十一月二十九日。

前夜、島帰りの幹三郎が和助の倅の尚吉に殺され、また、島に送られる年まで大叔父の作太郎に預けられていた梅吉が医師・諸川寿庵を殺したことで、南町奉行所は大騒ぎであった。特に伝次郎は渦中にいたため、夜遅くまで調べの陣頭に立っており、奉行所を経て組屋敷に戻ったのは、真夜中を過ぎた刻限になっていた。

——とにかく、すべては明日ということで、今夜はお休みください。

そう言った新治郎だったが、早朝に卯之助が呼びに来たので、後で詰所に伺います、と言付けを残し、夜明けの市中に飛び出して行った。三つ抱えている事件の一つ、太物問屋に押し入った二人組の盗賊の隠れ家が割れたので、捕らえに出向いたのである。卯之助らが徹夜で見張っていたらしい。

「此度は、いささか参った……」

ぽつりと呟いた伝次郎を気遣い、いつもなら奉行所の大門を潜ったところで別れるのだが、朝五ツ（午前八時）まで、と正次郎も永尋の詰所に立ち寄った。伝次郎が、染葉と河野に問われ、細かく状況を話している。

「幹三郎が息絶える前に言った、『恨みって奴は、憎い相手が死んだ時が終わりで、生きている限りは、終わらないんですよ……』って言葉が忘れられねえ。でな、腹に刺さっている匕首を抜いてくれ、と言うんだ。早く終わりにしようってな」

見抜けなかった、と伝次郎が言った。

「梅吉の気持ちも、幹三郎がそんなことを考えていたことも、な……」

「それは、無理だ」と染葉が言った。「人の心なんてものは蟻(あり)の巣みたいなもんだ。どこでどう繋がって、出口はどこかなんて分からん。俺は、女房殿の気持ちも扱い兼ねている」

「そう思います。私は、倅夫婦の気持ちに面食らうことばかりです」河野が言った。

「まあ、そうなんだけどな。梅吉は十一だぜ。僅か十一の餓鬼の目を見て、島に流されるなんてこれっぽっちも思っていねえ、とか何とか言っていたんだよな」

と最後のところは、鍋寅に言った。鍋寅が頷き、

「あっしは」と言った。「梅吉を見て、あっしの餓鬼の頃のようだと言っておりました」

「どこか、似ていたのか」染葉が訊いた。

「その、何と言ったらいいんでやしょうね。目がきらきら輝いているところと

か」

　ぷっと近が噴き出した。

「そりゃねえぜ。笑うには、笑う壺ってもんがあるじゃねえかい。ひでえな」

　大門の辺りで騒ぎが起こっている。新治郎の声もする。「仮牢にぶち込んでおけ」と怒鳴っている。

　足音が詰所に近付いて来た。半六が急いで戸を開け、下がった。新治郎が入って来た。

「捕まえたようだな」伝次郎が言った。

「はい。大分暴れましたが、どうにか」

　太物問屋に盗みに入った強盗を、二人とも捕らえて来たのだった。

「父上」と新治郎が、改めて姿勢を正して頭を下げた。「梅吉でございますが、まさか、あのような大それたことを考えていようとは……」

「待て待て」

　伝次郎が手で制して、同じなんだよ、と鍋寅を顎で指した。

「鍋寅なんぞ、梅吉を見て、褒め千切っていたんだ。まあ、その、俺もだが」

「しかし、見抜けなかったために、大叔父の作太郎や大家たちにも迷惑を掛けてしまいました」

　預かっていた者が殺しを行ったのである。咎めを受けることは免れない。

「これからは、溜預けが多くなるかもしれませんね」

「善意だけじゃあ、恨みに凝り固まった心は溶かせねえのかもしれねえな」

　砂利を蹴る慌ただしい足音がし、卯之助が来た。新治郎に耳打ちをしている。

「構わん。連れて来てくれ」

　卯之助が控所に戻った。

「古狐の藤助一味の者の塒を突き止めたようです」新治郎が伝次郎に言った。

　正次郎が鍋寅に小声で、藤助について尋ねた。

「中山道を主に荒らし回っていたのですが」

　昨年頃から江戸市中でも盗みをするようになっていた盗賊でございます、と鍋寅が言った。

「なかなか尻尾を摑ませないので、苦労していたのです」

　言い終えたところに、卯之助に続いて御用聞き・御蔵前片町の亀五郎が入って来た。伝次郎らを見回し、頭を下げている。

「塒を突き止めたそうだな？」新治郎が亀五郎に訊いた。

「へい。一味の万三ってのが、時折顔を出すって居酒屋を見付けまして、そこを見張っていたのでございます」

万三……。はっ、と顔を上げたところで、伝次郎と目が合った。

「よくやった。詳しい話を聞こうじゃねえか」

と新治郎が言っている後ろで、何だ？　と伝次郎が正次郎に言った。

「その顔は、何か言いたそうだな」

「いえ、それ程のことではないのですが……」

「飯は食って来たな？」

「はい」

「なら、腹を据えてはっきり話せ」

「あの……」と正次郎が、亀五郎に言った。「その万三の住処ですが、杉森新道を入った《吉松店》ではないですか」

「こりゃ、驚きやした。どうして、それを？」亀五郎が、正次郎と新治郎を交互に見た。

「中程の借店ですね」

「仰しゃる通りでございます……」

「二ツ森家の若旦那よ」と鍋寅が、鼻の穴を膨らませて亀五郎に言った。

「恐れ入りました。若旦那とは存ぜず、失礼いたしました」

「恐れ入ることはねえ。どうして知っていた？」

伝次郎が尋ねたところで朝五ツの鐘が鳴った。

「鍋寅。正次郎は少し遅れる、と牢屋見廻りの詰所に言って来てくれ」

「へい」

　飛び出そうとした鍋寅を真夏が止めた。

「親分も聞きたいのでは？」

「そりゃ、若のお手柄話らしいですから」

「私が参りましょう」

「真夏様がですかい？」

「向こうの廊下を行くと、皆が一様に驚くのです。あれがなかなかに面白くて、癖になります」

「一ノ瀬八十郎様の御息女だ」

　新治郎が亀五郎に教えた。亀五郎が低頭した。

「では、行って参ります。古狐の藤助一味の者の住処を突き止めたので、教えている、とでも言っておけばよろしいのでしょうか」

「任せる」

真夏が出たところで正次郎が、万三には仲間がいたが、そっちについては知っているのか、と亀五郎に問うた。

「いいえ。何人かいる、とまでは分かっているのですが、どこの誰とは、分かってはおりませんです」

「一人は、煙草売りに化けていました。年の頃は、三十過ぎ。顔にこれといった目立つものはありませんが、引き締まったよい身体をしていました。もう一人は万三に、『いいから、聞け』と言っていたところから見て、兄貴分と思われます。その男の右の腕には、刀傷がありました」

正次郎が右腕の袖をたくし上げ、ここからここまで、と指ですっと撫でた。

「一味が狙っているお店ですが、これは？」

「分かっちゃおりやせんでございます」

「堀江六軒町の蠟燭問屋《飛驒屋》です」

「待て、待て、待て。どうして、そこまで？」

言い掛けた新治郎を、後少しです、と制し、正次郎が続けた。

「《飛騨屋》には、一味の女が入り込んでいます。襷掛けをしていたところからして、奉公人と思われますが、煙草売りと裏木戸でこっそりと話していました」

「その煙草売りと女でやすが、脂千と脂粂かもしれやせん。だとすると、ちらっと小耳に挟んだことのある、脂の夫婦が一味に加わったかもしれねえ、という話が本当だってことになりやす」

「よし、順を追って話せ」伝次郎が、新治郎が言い出す前に言った。

「怒るのは、後でお願いいたします」

正次郎が新治郎に言った。

「二十七日は非番でしたので、外出いたしました」

「一人でか」新治郎が訊いた。

「……いいえ。母上とです。小舟町一丁目にある《三春屋》へ《花えくぼ》を買いに出掛けたのです」

「省かずに話せ」新治郎が言った。

「はい。歩いていると、前から目に険のある男が来た。何やら怪しいので、尾けることにしたのです」

「どう怪しかったのだ？」伝次郎が訊いた。

「その、腐っていると申しますか。根腐れしているとでも言いましょうか」

「伊都だな？」新治郎が言った。

正次郎は思わず首を竦めた。

「根腐れなどと言うからばれるのだ。額に悪と書いてありました、とでも言えばいいものを」

「父上」新治郎は伝次郎を軽く睨み、「それで、後を尾けよう、と伊都が言ったのだな？」と正次郎に問うた。

「はい……」

「そこからは、詳しく話せ」

伝次郎に言われ、万三が煙草売りと立ち話をしてから《吉松店》に帰るまでの詳細を話した。

「分かった。正次郎、今更言うことではないが、捕物は遊びではない。よく心得ているな？」

「はい……」

「よいか。勤めを終えたら組屋敷に戻っていろ。よいな。一歩も出るな」

「あの……」

「まだ、何か言いたいことがあるのか」

「《飛騨屋》に入り込んでいる女の顔を見ているのですが、あの者だと教えなくてもよろしいのでしょうか」

「必要な時は呼びに行く。それまでは、おとなしくしていろ」

肩を怒らせて新治郎が詰所を出て行った。入れ違いに真夏が戻って来た。

「お手柄だ、と皆さん、騒いでいましたよ」

真夏が正次郎に言った。

正次郎が伝次郎を見た。

伝次郎は小指の先で眉を掻いている。

「旦那」と鍋寅が伝次郎に言った。「詰まるところ、若はお手柄を立てたんですよね？」

「あの」と近が前に出ながら言った。「差し出がましいようですが、私もお手柄だと存じます」

「おれも、すごいなと思います」隼だった。

「あの、あっしもです」半六が続いた。

「手柄かもしれねえ。しれねえが、尾けるのなら、どうして一人で尾けぬ。伊都が言い出したことであろうと、母親を危ない目に遇わせて、何がお手柄か。それも、たまたま見込みが当たっただけで、遊び半分でしたことであろうが。そのようなことは、手柄ではない、と新治郎は言いたいのであろうよ。その気持ちは、俺にも分かる。だから、俺も褒めぬ」

勤めを終えたら、おとなしく帰れ、と伝次郎が言った。今夜は覚悟しておくのだな。

「俺たちは飲むぞ。触らぬ神に祟りなし、だ。今夜は、うんと遅く帰らねばならんからな」

三

十一月三十日。

夕刻、《吉松店》を出た万三の後を尾け、古狐の藤助一味が隠れ家に集まったところを襲い、総勢八名を捕らえた。《飛驒屋》に入り込んでいた脂条も、早朝、正次郎が「あの者です」と教えておいたので、卯之助の手により捕縛され、一件は落着した。

急転直下の落着であったが、正次郎と伊都にはお褒めの言葉はなく、再度の叱責が待っていただけだった。

「二度と許さぬからな。よう心しておけ」

正次郎は頭を垂れ、神妙に聞きながら、話を終えるまでに何度「二度と許さぬ」と言うか、数えていた。新治郎は、三度言った。

月が明けて、十二月三日になった。

南町奉行所にとっては、非番の月に入って三日目であり、正次郎にとっては、この月最初の非番の日であった。

伊都が、買い物の供をするように、と正次郎に言った。今度は、同心某の娘の婚礼が調ったので、祝いの菓子を持って行くらしい。

「《三春屋》の《花えくぼ》ですか」

「他にありますか」

「例えば、五郎兵衛町の《菊屋》の《鶉餅》とか……」

「どのような菓子です？」

薄く焼いた餅の間に、小豆餡を挟んだものだった。

「美味しかったのですか」

食べていなかった。まだ正体は割れていなかったが、夜宮の長兵衛が永尋の詰所に手土産として持って来たものだったので、何か入っているといけないからと、泣く泣く捨てたのだった。

「でも、美味しそうですね」

「美味しそうでした」

「それを先に見てみましょう」

組屋敷を出、伊勢桑名藩主・松平越中守の上屋敷を半周回り、越中殿橋を渡った。本材木町の通りは、人が行き交っていた。

伊都が、そわそわして擦れ違う人の顔を見ている。

「もう人相を見るのは止めてください」

「ご覧なさい。あれは悪いですよ」まるで聞いていない。

「ですから、止めです」

正次郎が横を向いたが、伊都は構わずに続けている。

「あの人は、弥次郎兵衛になっています。悪い方に傾くか、良い方に傾くか、迷っています。救うのは今です」

伊都の目を追い、ちらと男の顔を見た。お店者のようだった。確かに、青ざめた顔をしている。

「どうすれば？」

「簡単なことです。正しい道を歩きなさい。そう言えばよいのです」

「とても、言えません」

「まあ、何と弱気な。でも、多分悪いことは出来ないでしょうから、放っておいてもよいでしょう」

「はあ……」

楓川を荷船が、艪を軋ませながら、二人を追い抜いてゆく。

前から男が来た。目の隅で辺りを見回し、ふんふんと鼻で調子を取りながら歩いて来る。

「あの者は、悪ですか」

「少しだけ悪でしょう。でも、こちらも見逃してあげましょう。少しの悪は浮世の薬ですからね」

伊都が気持ちよさそうに笑って見せた。

「母上も変わった御方ですね」正次郎が思わず言った。

「正次郎、よくお考えなさい」

伊都が、ひどく生真面目な声で言った。

「あのお義父様の倅の嫁で、そなたの母ですよ。まともでいられると思いますか」

「成程」

無理もない、と思ったが、そこに己が入っているのが気に入らなかった。

第四話　鼻水垂兵衛（はなみずたれべえ）

一

十二月三日。

宵五ツ（午後八時）になろうとしていた。

薄氷（うすらい）の欠片（かけら）のような月が、ぴんと張り詰めた空に悲しげに掛かっている。震えて見えるのは、空の高いところで風が吹いているからだろう。

南町奉行所永尋掛り同心・花島太郎兵衛は、両の袖に掌を隠し、口許に当てた。顔の下半分が温かくなった。

女の身形（なり）は温かくていいね。

綿入れの半纏を着込み、髪は無造作に櫛巻風に結い上げたじれったた結びである。丸髷が好みなのだが、結うのが面倒だったのだ。

屋敷のある亀久橋南詰大和町までは、まだあった。

もちっと近くでやってくれないものかね。

水っ洟を啜り上げた。

仙台堀南河岸の永堀町で開かれていた賭け将棋を投了まで観ていたのである。

この時代、夜間の、それも人気のない道を女が一人で歩くのは、危険極まりないことだが、そこは腕に覚えのある太郎兵衛。女と間違えて襲って来てご覧。仙台堀に叩き込んでやるよ。手ぐすね引きながら相生橋を渡り、万年町一丁目から二丁目に差し掛かったところで、人の争う声と音を耳にした。前方半町余（約五十五メートル）にある海辺橋の袂で影が入り乱れていた。橋の袂にある常夜灯の仄明かりによると、一人の男を三人で襲っているらしい。

「何だい、何だい、何やってんだい」

大声を張り上げながら足を走らせると、襲っていた一人が、婆は引っ込んでいろ、と蹴りを入れて来た。

ひょいと足首を掴み、ぐいと持ち上げて押すと、六方を踏むような姿で下がった。堀を避けようとしたのだろう。くるりと向きを変えている。ちょいとお待ち。尻を蹴ってやったら、仙台堀まですっ飛び、水音を立てて落ちていった。

男どもが、はっ、として向かって来たので、叫び声を上げたが、誰も出て来ない。一人の腕を摑んで投げ、もう一人が繰り出した匕首をかわしながら、「火事だよ。焼けっちまうよ」と叫ぶと、どこかで戸の開く音がした。

「畜生。覚えてやがれ」

捨て台詞を残し、二人が海辺橋を渡って逃げ出した。堀に落ちた男は、幅二十間の堀を泳いで向こう河岸に這い上がっていた。

呻き声がしている。倒れている男に寄ると、血のにおいがした。

右の太腿を刺され、背と右腕を斬られていた。年寄りだ。年の頃は七十、というところか。皺も深いが、傷も深い。血も相当流れている。危ねえな。思いはしたが、思いとは逆のことを口にした。

「三人相手にこの傷なら、御の字だよ」

「……誰でえ？」

「ご挨拶だね。まずは礼を言うもんじゃないかい。姐さん、お蔭で助かりましたってね」

「……ありがとよ」

「はいよ。だけど、礼は後だね」

「……こいつぁ……参った」

太郎兵衛が小袖の裏地を引き出し、裂いて、傷口を縛っていると、近くの家や路地から男どもが出て来た。火事はどこだ、と口々に騒いでいる。心張り棒を握り締めているのが進み出て来た。

「いいところに来てくれたね。弥吉を呼んで来ておくれ」

「親分のことか」

「こんな時に仕出し屋を呼ぶかい？」

「口の減らねえ婆だ。呼んで来てやれ」心張り棒が、横にいた男に言った。

「序でに大八車と医者が要るよ」

「金は、誰が出すんだ？」心張り棒が訊いた。

「この怪我人に持ち合わせがなければ、あたしが出すよ。あんた、持っているかい？」

襲われた男が小さく口を動かした。

「ある……」

「聞いただろ」

また男が二人走り出した。

誰か手拭いか晒しはないかい。一人が晒しを腹に巻いていた。

「解きな。買って返すからさ」

背の傷口が塞がるように縛っているうちに、男が気を失った。程なくして弥吉が来、一足遅れて大八車が来た。

元木場町の弥吉。御用聞きである。元木場町は、仙台堀の南と油堀の南の二十一ヶ町を言った。弥吉は、二十一ヶ町の一つ富久町で女房に小間物屋を開かせていた。弥吉が太郎兵衛を見て、「旦那」と言った。「遅くなりやした」

男たちが、へっ、と顔を見合わせた。

「いや。旦那の姐さん。話はざっと聞きましたが、どういたしましょう？」

赤堀光司郎ら、殺しの請け人に狙われた時、騒動を聞き付けて調べに来た弥吉には、身分を明かしてあった。

「取り敢えず、屋敷に運んでもらおうか。ここで手当てする訳にもいくめえ」

男言葉になっている太郎兵衛から身を引き、男どもは弥吉の指図に従って、襲われた男を大八車に乗せた。

「誰か残って医者を連れて来てくれ」弥吉が言った。「亀久橋の袂まで来れば分かるようにしておく」

「へい……」

太郎兵衛は、問答を聞きながら堀の四囲を見回したが、人の気配はなかった。逃げ去ったらしい。

「世話掛けたね。これで飲んでおくれ。それから大八車の戻しも頼むよ。もう一つ、これは晒しのお代だよ」

お捻りを二つ渡すと、万年町二丁目の男たちは、腰を屈めて帰って行った。

材木町(ざいもくちょう)の医師・小寺了軒(こでらりょうけん)が傷口の縫合(ほうごう)を終えた。男は途中で再び気を失い、そのまま油紙を敷いた布団の上で眠ってしまっている。斬られた傷は深かったが、急所を外れていた。背か腹を刺されていたら、最早この世の人ではなかったでしょう、運がよかったとしか言えませぬな、とは了軒が言ったことだが、まさに危ういところでかわしたのだろう。太腿の傷も、太い血の管からは逸れていたらしい。

「血が止まり、膿(う)まなければよいのですが。今夜は、部屋を暖めてやってください。また、明日診に来ます」

了軒は必ず高熱を発するからと、熱冷ましの煎じ薬を置いて帰った。了軒を送った弥吉が、玄関から戻って来た。

太郎兵衛と弥吉は、手当てのために脱がせた着物の袖など、持ち物を調べたが、小判一枚に一分金やらが入った巾着の他は、匕首と手拭いだけしか持っていなかった。

「ちいと持ち過ぎてますですね」巾着の中身は、四両近くあった。

「身形からするとな」

「博打で稼いだものでしょうか。それでいざこざに巻き込まれたとか……」

「それが一番妥当だろうが、まだ何とも言えねえな」

「堅気ではねえようでございますね」

男の身体には、たくさんの刀傷があった。相当の修羅場を潜り抜けて来たと見える。

「起きたら、当人に訊くしかあるまい」

「どういたしましょう。あっしも残りましょうか」

「今夜襲って来ることはねえだろう。生きていると分かったら、また来るかもしれねえがな」

「では、一旦引き上げて、朝になったら様子を見に伺います」

「そうしてくれ。済まなかったな。夜分に」

弥吉が、門をそっと閉めて帰って行った。

太郎兵衛は、火鉢に炭を積み上げた。血を失い、身体が冷えている男を温めないといけない。了軒に言われていたことだった。序でに湯を沸(わ)かし、燗(かん)をつけ、切り昆布で酒を飲むことにした。

夜気が、すっと降りてきた。

どこか遠いところで材木が倒れたらしい。ひどく大きな音がし、また静かになった。

家が、みしりと鳴った。


十二月四日。

気配で目を覚ますと、男が太郎兵衛を見ていた。

外はまだ暗い。夜明け前だった。行灯の灯も乏(とぼ)しくなっていた。うつ伏せで寝かされている男の目だけが、暗がりの底で光っていた。

「気が付いたのかい」

言いながら太郎兵衛は火袋の戸を開けた。

油が切れ掛かっていた。太郎兵衛は油差で火皿に油を注ぎ足し、灯芯を一本足して二本にした。部屋の中が明るくなり、男の目から光が消えた。

「ここは、お前さんの家か」

「そうだ」男の声で答えた。

「へっ」

男がびくっ、と身体を動かし、顔を顰めた。痛えっ。

「動くんじゃねえ。折角縫った傷口が開く」

「お前さん、男ですかい？」

「悪かったな、男で」

「いや、驚いただけで」

「堅気じゃねえな。身体の傷が多過ぎる。何をやっていた？」

「助けてもらったのに悪いが、そう言うそちらさんも、まともな方ではなさそうで」

「俺か、まあな」

「あまり覚えちゃいねえが、やるもんだ。ありゃ、体術って奴ですかい？」

「そんなところだ」

「何をしていなさるんで？」

「何でもしている。まあ、この世のどぶ掃除かな」

男は敷き布団に顔の半分を埋めて太郎兵衛を見ていたが、

「好きか嫌いかで答えてくんなさい。奉行所は？」

「でえ嫌えだ」

「だろうな。悪いのは？」

「もっと嫌えだ」

「悪なんですよね、あんたさんも？」

「まあ、それに近いだろうな」

「ならば、頼みがある。人を探してほしいんだ。俺が動けるのなら頼まねえが、この様だ。金ならある」

「巾着に入っていた四両じゃ足りないよ。医者の払いもあるんだからね」太郎兵衛が女言葉に戻った。

「手が早いな。気に入った。まだ、あるんだ。心配するねえ」

「で、誰を探せばいいんだい？」

「信じていいんだな」

男が太郎兵衛を見据えた。小博打で身に付けたものではない、目に年季の入った力があった。

「お前は、背と腕をざくりと斬られ、太腿も刺されている。直に死ぬかもしれねえんだ。医者の診立てによると、生きるか死ぬかは五分五分だそうだ。嘘だと思ったら、隣の部屋を覗いてみろ。死に神が、どうなるかと心配して見に来ているのが見えるだろう。隅の方に座っているじゃねえか」

「やだな。悪い冗談だぜ」

「冗談じゃねえ。お前は、血を流し過ぎてんだ」

男が呻いた。

「誰にやられたのか、てめえは誰なのか、誰を探しているのか、すべて話しちまいな。間に合わなくなるぞ。いいのか」

「ううっ」

「死んじまったら、後は化けて出るしか、恨みを晴らす方はねえんだぞ」

「畜生。人の弱味に付け込みやがって」

「俺は、悪い奴はでえ嫌えだって言っただろ。悪いようにはしねえよ」

分かった、と男が言った。腹ぁ括るぜ。

「俺の名は、里回りの仁助。奥州筋を荒らした斑蜘蛛の与平の小頭を務めてきた者だ……」

太郎兵衛に、驚く様子が見えないのが不満だったが、仁助は続けた。

「その与平親分が草加宿近くの隠れ家で殺された。俺の弟分に当たる小頭の黒羽の峰吉が、厨子の長次という子分を使って殺りやがったんだが、後継ぎの、先代の倅の一蔵さんは、峰吉から、俺が先代を殺したと吹き込まれ、それを信じてしまった。で、こうなっちまったって訳だ……」

「そのお前さんが、こんなところで何をしていた？」

「先代がまだ若かった頃、一緒に危ない橋を渡っていた御人がここにいるんだ。名はちいと言えねえが、その御人に話して力になってもらおうとしたのだが、帰りを待ち伏せされていたようだ」

「お前さんを襲ったのは、その御人って奴か、峰吉らの放った者か、どっちなんだ？」

「だから、二代目だって言ってるじゃねえか」

「ねえ。一蔵なら、てめえが出て来て、どうして父親を殺したかを問い詰め、怨み言の一つも言ってから襲うはずだろう」

「成程……」

「感心するのは後にして、答えろ」

「見たことのねえ奴らだった、としか言えねえ」

「お前さんが、その御人を訪ねるってことを、峰吉は知っていたのか」

「分からねえ」

「知らなかったら、お前さんを襲ったのはその御人って奴だし、峰吉が知っていたら、襲うのはお前さんがその御人を訪ねる前だ。そいつの耳には入れたくないだろうからな。ってことは、襲ったのはその御人って奴に決まっているだろうが。いや、もしかすると、二人はつるんでいたんじゃねえのか」

「そんな御人じゃ……」

「あろうとなかろうと、どうでもいい。誰を探すんだ?」

「奴らは江戸で大仕事をしようと集まっている。奴らを見付け出して、二代目にことの真相を話し、仇を討たせなければならねえ」

「そりゃあ、八丁堀に頼まなければ埒が明かねえだろう」

「あいつらに知られたら、もう仕舞いだ。取っ捕まっちまう」

「そうはさせねえ。てめえと二代目は見逃せ、と取引すればいいんだろう」

「そんなことが出来るか」

「出来るんだよ。俺ならな」

「お前さん……」と言って仁助が、まじまじと太郎兵衛を見た。「一体、誰なんで？」

「仕方ねえな」

太郎兵衛は立ち上がると、隣の座敷から黒羽織と十手(じって)を出して来た。

「ええっ」仁助が布団(ふとん)から這い出そうとして、呻いた。「痛っ……」

「今更、じたばたするな。そうよ。八丁堀の同心だ」

「八丁堀が、組屋敷の外に住んでいていいんですかい？」

仁助の口調が変わった。

「よかあねえが、この様(ざま)だ。いられねえのよ」

「ああ……」仁助が、太郎兵衛の頭を見て頷いた。

「簡単に呑み込むな」

「へい……」仁助が顔を顰めながら布団にそっと這い上がっている。顔の皺が、更に深くなった。

「爺さん、幾つになる？」

「六十六で」

「ん……」太郎兵衛が米粒を踏んづけたような顔をして言った。「嫌な奴だな、おめえは」

「……？」

太郎兵衛は六十九歳。年が明けると七十になる。

「何でもねえ。これから助っ人を呼ぶからな。静かに寝ていろ」

太郎兵衛は文机を行灯の前に置いた。

「お願いいたしますです」

「任せろ」

文を書き上げた時には、話し過ぎて疲れたのだろう、仁助はまた寝てしまっていた。太郎兵衛も、座ったまま短い眠りを取った。朝になった。鳥が鳴き始めている。

そろりと雨戸を開けてから、冷や飯に湯を掛け、切り昆布でさらさらと食べていると、弥吉が来た。

「いいところに来た。奉行所に行き、永尋の二ツ森伝次郎に文を見せ、呼んで来てくれ」

「何か分かったんで？」

太郎兵衛は手短に仁助が言ったことを話した。

「するってえと、また襲って来るに相違ありやせん。子分どもを呼びましょうか」

「俺がいるから大丈夫だ」

「ですが、旦那、相手が人数で来たら」

「そうなれば逃げるから、案ずるな」

「野郎は？」

「死ぬのが早まるだけだ」

「旦那ぁ……」いつから目を覚ましていたのか、仁助がか細い声を出した。

「何だえぇ？」太郎兵衛が科を作って訊いた。

仁助は黙って、目を閉じてしまった。額に汗が浮いている。触ると熱かった。

「熱があるじゃねえか。なぜ言わねえ？」

「こんな熱くらいで騒いでは、みっともねえ」

「待っていろ。直ぐに煎じ薬を作るからな」

太郎兵衛は、仁助を仰向けにすると、手拭いを絞って額にのせた。

「済みません……」

「黙って寝ろ。これだけの傷だ。今まで熱が出なかったのが不思議なんだ」

弥吉が、出そびれて見ている。

「行ってくれ」

「よろしいんで？」

「乗り掛かった泥舟だ」

言ってから、戻り舟に乗り合わせたと思ったら、こんどは泥舟かい、思わず呟いてしまった。

「では」

弥吉が、屋敷を飛び出した。

二

半刻余の後、弥吉が伝次郎らを伴って戻って来た。

「お連れしました」

上がり框の隅に座り込んでいる弥吉の脇を抜け、伝次郎が先頭になって上がり込んで来た。

「こいつか」

「…………」

仁助が額の濡れ手拭いをずり上げて、声の主を、伝次郎を見た。

仁助は、もっと若い同心が来るものと思い込んでいた。頼りになるのか、と熱気のある頭で値踏みしたが分からない。考えが纏まる前に、次の者に目が行った。長いのを二本、腰に差しているが、女だった。真夏である。仁助の口が、えっ、と動いた。次いで、鍋寅と手下の隼と半六が横に並んだ。隼も女である。思わず、仁助の口から声が漏れた。

「えっ、えっ」

じろりと伝次郎に睨まれ、首を竦めていると、髪の黒い、働き盛りの同心が庭に鋭い一瞥をくれて足許に立った。助かった。あいつは定廻りに違いねえ。

ほっと息を吐いたのも束の間、定廻りを押し退けるようにして二本差しが半身を覗かせた。月代を剃っていない。浪人風体である。

「伝次郎、襲われたのはこいつか」

八丁堀に訊いている。すると、この侍も役人なのか。

「えっ、えっ」また、声に出して驚いていると、

「うるさい。黙れ」

伝次郎が大声を張り上げた。そこで仁助の意識が一瞬途切れた。熱が上がったのだ。

「どうして、ここに？」太郎兵衛が八十郎に訊いた。

「俺にも江戸に出る用くらいはあるんだ。ここに来たのは、序でだ」

ああ、と頷いて、太郎兵衛が真夏を見上げた。内与力の小牧壮一郎との縁組みに関する用かと間違えているらしいが、間違いを正す場所ではない。伝次郎が、八十郎に庭を見張っているように頼んだ。襲って来ぬとも限りませんので。

「おい、起きろ」

新治郎に起こされ、仁助が目を開けた。

「其の方、斑蜘蛛の小頭だったのは実か」

「左様で……」仁助が目を閉じたまま答えている。

「嘘偽りではなさそうだな」

父上、と新治郎が伝次郎に言った。

「斑蜘蛛は永尋ではありません。この者の身柄は、こちらで預かります」

「父上？　えっ、えっ？」目をひん剝いた仁助が、伝次郎と新治郎を交互に見てから太郎兵衛に訊いた。「あの、親子、なのでございましょうか」

「普通、余所(よそ)の親父を、父上とは呼ばぬからな」

「…………」

「仁助、てめえ相当江戸に暗いな。何年振りだ？」伝次郎が訊いた。

「五年、になります」

「だろうな」おい、と伝次郎が畳み掛けた。「江戸で、盗賊働きをしたことは？」

「……ございます」

「いつだ、五年前か」

「よくお分かりで」

「簡単に分かることだ。襲ったのは、どこだ？」

「申し上げるので？」

「訊かれたのだ。答えろ」

「……山(やま)の宿(しゅく)六軒町(ろっけんちょう)の名主でございます」

「あった、あった」鍋寅が拳を掌に打ち付けた。「三田村清右衛門(みたむらせいえもん)様の屋敷を襲い、確か、四、五百両の金子を奪ったはずです」

「あの……、三百五十両でした……それは、あの、水増しを……」

「翌年定廻りになった時、再調べに加わったので、よく覚えています。屋敷に一味の者を潜り込ませていたのではないかと調べたのですが、どうしても分かりませんでした」

入れていたのか、と仁助に問うた。

「……へい」

「誰だったのだ？　正直に申せ」

「庭仕事をしていた留作でございます」

「何年くらい入れていた？」

「三年、でございます」

一つの盗みのために三年勤めさせる。念の入った仕事だった。

「斑蜘蛛は、そんな丁寧な盗みをするのか」

「ほとんどの場合がそうでした。その場の思い付きで押し入り、皆殺しにして金子を奪うのは、与平が好みませんでしたので」

「里回りという二つ名からすると、お前が押し込みのお店を調べていたのか」

「まあ、そのようなこともいたしておりました……」

「よし。きっちりと聞き出してやるからな」

「へい……」

「聞いたか。立派に永尋だろうが」

「百井様のご判断を仰ぎたいと存じますが、よろしいですね？」

南町奉行所の年番方与力・百井亀右衛門のことである。

「仕方ねえが、おとなしく譲るなんて思うなよ」

仁助を見下ろしながら、太郎兵衛に訊いた。

「こいつは死ぬのか」

仁助が、ぎょっとして太郎兵衛を見た。

「血を流し過ぎたようだが、血が止まれば保つだろうという診立てだった」

「旦那、嘘吐いたんですかい？　死に神とか……」

「嘘じゃねえ。あの時、俺が首を絞めていたら死んでいただろう」

「………」仁助は、頭がぐらっと揺れたような気がした。

どのみち獄門の露（つゆ）と消えるのだ。心配するな。伝次郎が続けた。

「てめえは、身体は動けねえが、口は達者に動くんだ。これから、ねっちりと訊くからな」

「ええのに、助けられちまった……」

　仁助が、左手で目許を拭った。右腕の布にも、腿の布にも血が滲んでいる。背の傷も痛む。やはり、傷は深いのだ。

　伝次郎らは隣の座敷に移り、車座になった。

「探すと言っても、どこから探す？」太郎兵衛が早速伝次郎に言った。

「仁助、答えろ」と伝次郎が、出て来た座敷に向かって怒鳴った。「斑蜘蛛の先代と親しかったのを訪ねたそうだな？」

　仁助は、熱のために、うとうとと眠り掛けていたが、再度訊かれたので、答えた。

「義理がございますので、名は申せませんが、訪ねました」

「義理か。そいつに襲われたらしいのに、律儀なものだな。名を言え」

「………」口を利くのが苦しかった。面倒でもあった。仁助は、口で息を継ぎながら、眠ることにした。

「仕方ねえな」

　伝次郎は弥吉に、仙台堀から油堀辺りで悪いのは誰か、と訊いた。

「深川一帯には山ほど悪がおりますが、仰しゃる辺りですと、油堀の専次郎でしょう」

一色町や松村町の岡場所は網打場と呼ばれるところで、局長屋が軒を連ねていた。局長屋とは、九尺（約二メートル七十センチ）二間（約三メートル六十センチ）の棟割長屋より僅かに大きい、間口一間（約一メートル八十センチ）、奥行き三間（約五メートル五十センチ）程の長屋のことで、専次郎はそこに局女郎を置いて稼がせているのだそうだ。

「阿漕な奴でございます」

「盗っ人にも、この仁助のように義理とか掟とかを大切にする者もいるのだろうが、そんなのを屁とも思わねえ、救いようのない悪だぞ」

「専次郎だと思います」

「決まった。そいつだ。お前が訪ねたのは、その専次郎って奴だな」

仁助に訊いたが、眠っている。額の手拭いを絞り、置き直すと、目を開けた。

「死に神を追い立てるぞ」太郎兵衛が、専次郎か、と訊き直した。

「……そうです」

「よし、そいつの塒を襲おうか」

伝次郎が立ち上がった。

「親分は来なくていいぞ。恨まれるといけねえ。新治郎もだ。房吉に斑蜘蛛の隠れ家を調べてもらってくれ」

江尻の房吉は、新治郎が御用に使っている男であった。盗っ人仲間に入っていたことがあり、その方面の内情には至って詳しかった。

八十郎と真夏に、戻るまでの用心棒を頼み、仁助には、専次郎が庇うに値するか否か見て来てやるぜ、と言い置いて、玄関に向かった。そこで立ち止まり、仁助の脇に戻り、足を蹴飛ばして目を開けさせて訊いた。

「爺さん、幾つになる?」

「六十六で……」

「何だと」伝次郎が、皺の底を覗き込むようにして、改めて仁助を見詰めた。

「何か……?」

「嫌な奴だな、お前は」

訳が分からないのだろう。仁助が太郎兵衛を見た。

太郎兵衛が、さも楽しげに笑い声を上げた。

十五間川を上り、富岡橋を渡って一色町に入った。網打場である。漁師が網を打っていたところなので、そのように呼ばれている。十五間川は、永代寺の裏を流れている時の名で、この辺からは油堀と名を変える。

堀沿いに、局長屋がずらりと並んでいた。前を行く鍋寅と半六に声を掛けている。あいよ、と気安く返事をしている鍋寅を鴨と見たのか、女が戸を擦り抜けて出て来ては、後ろにいる伝次郎に気付き、慌てて引っ込み、戸を閉めた。

それを何度か繰り返している間に一色町を過ぎて、俗に石置場と呼ばれている伊沢町に入った。この伊沢町に専次郎が営む《扇屋》がある。

《扇屋》は、子供屋と言われる女郎の置屋で、子供、すなわち女郎を茶屋に出し、遊び代を稼がせるのである。

鍋寅と隼に、材木の陰に隠れているように言い、伝次郎は半六を連れて、《扇屋》の腰高障子を開けた。土間にいた若い衆が、八丁堀と見て、立ち竦んでいる。階段を下り掛けていた女が、くるりと向きを変え、階上に消えた。

「何か……」と四十絡みで、目付きの鋭い男が、出て来た。

「元締に用があるから来たんだ。知らせて来い」

「どのようなことで、お出でに？」

「一つ、俺は気が短い……」

何を言い出すのか、と四十絡みが見ている。

「二つ、俺は訊かれるのが嫌いだ。三つ、俺はこの土地が嫌いだ。早く帰りたいから、急いで取り次げ」

「少々お待ちを」

奥に向かい掛け、中暖簾の手前で身を引いた。

細身の男が奥から出て来た。髪は白く、仁助くらいの年格好である。男は伝次郎を見ると、摺り足で近付き、間合を取って座った。

「主の専次郎でございます」

「局長屋の子供らだが、医者に診せているか」

「勿論でございます」

「顔色の悪いのがずいぶんいたぜ」

「気が付きませんでした」

「俺が八丁堀だと分かると、直ぐに戸を閉めちまったので、俺も見てねえ」

「………」専次郎の頰がぴくり、と動いた。

「昨夜海辺橋で古びた男が襲われた。見た者がいたんだ。そいつが、襲われた男はここから出て来た、と言うんだが、古びたのが来ただろう？」

「昨夜、でございますか。この辺りにはお年を召した方は、あまり見えませんので」

「お前さんが足を引っ張らなくとも、直ぐにも棺桶に入りそうな奴なんだがな」

「……覚えがございませんが」

「そいつが苦しい息の下で、蜘蛛が何たらと呟いているそうだが、分かるか」

「さて、何のことやら」

「斑蜘蛛って何なんだ、分かるか」

「確か女郎蜘蛛のことではなかったか、と」

「よく知っていたな。普通は知らねえぞ」

「物知りに教わっただけでございます」

「本当に、来なかったんだな？」

「左様でございます」

「そうか。間違いだったようだな。許してくれ。見世の入り口にいたんでは、商売の邪魔だな」

「まあ……」

「何かあったらまた来る。その時は、茶でも出してくれ」

「気付きませんで」専次郎が振り向くと、若い衆が奥に走ろうとした。

「もういい。こっちは風がきつくてな。引き上げるとするぜ」

戸を開けると、いつの間に降り出したのか、粉雪が舞っていた。

「雪の深川か……」伝次郎が戸を開けたままで、専次郎に訊いた。「お前さん、湯豆腐は好きか」

「……いいえ」

「そうか。あれが嫌いな奴は、情なしなんだ。お前さんは情なしか」

「どうでしょうか」

「覚えておけ。情なしだ」

伝次郎と半六が出て行った。

専次郎が、足許にあった煙草盆を蹴飛ばして怒鳴り声を上げた。

「塩を撒け」

伝次郎と半六の後を、《扇屋》の若い衆が尾けている。若い衆は二人。尾行には慣れているのか、交互に前に立つなど工夫している。しかし、尾けて来るはずだ、と密かに身構えていた伝次郎の目を誤魔化すには、年季が足りなかった。

「尾けて来ているぞ」半六に囁いた。

「本当に、よろしいんで？」

「太郎兵衛の屋敷は大和町だ。いずれ分かっちまう。それにな、専次郎と斑蜘蛛がつるんでいるとなれば、知らせに走るだろうし、襲って来てくれれば、探す手間が省けるってもんだ」

伝次郎は腕が鳴るのか、肩を聳やかしている。

「やっぱりな」

と鍋寅が、隼に言った。鍋寅と隼は、《扇屋》の二人の後ろにいた。伝次郎らを尾ける二人を、逆に尾けていたのである。

伝次郎らが太郎兵衛の屋敷に入るのを見届けると、若い衆らはこそこそと屋敷から離れ、そこから《扇屋》へと駆け戻った。

「知らせに行ってくれますかね？」隼が鍋寅に訊いた。

「決まってらあな。ここは、待ちの一手よ」

鍋寅が言ったように、四半刻の後、若い衆の一人が《扇屋》を飛び出して行った。

若い衆は緑橋（みどりばし）を渡ると油堀沿いに走り、下ノ橋（したのはし）南詰の佐賀町（さがちょう）の煮売り酒屋に入った。薄汚れた小体な店だった。

四半刻待ったが、誰も出て来ない。そっと中を覗くと、若い衆が一人で飲んでいた。

まんまと囮（おとり）に引っ掛かったのだ。尾行に気付かれていたに違いない。

「やってくれるじゃねえか」鍋寅が隼に言った。「帰るぜ」

「上出来よ」と伝次郎が鍋寅と隼に言った。「細工をしたってことは、斑蜘蛛と繋がりがありますよ、と白状したようなものだ。専次郎に見張りを付けることにするぜ」

人を集めて来るからと、八十郎と真夏と半六を太郎兵衛の屋敷に残し、

「明日の五ツ半（午前九時）には戻る」

と約して伝次郎は、鍋寅と隼を連れて奉行所に帰った。

翌日に用があるという八十郎に代わって、太郎兵衛の屋敷に詰める前に、天神下の多助らを集め、見張りを頼まなければならなかった。

伝次郎らが去り、半六と太郎兵衛は台所に入っている。家の中が、急に静かに

なった。

「出来れば、今夜襲って来てはくれぬかな」八十郎が真夏に囁いた。

仁助が目だけを動かして八十郎を見た。まだ熱はあったが、ずいぶんと下がって来ているのが分かった。身体の節々の痛みが和らいでいる。

「父上、賊が来た時は、私は直ちに隣に移りますので、心置きなく剣を振るってくださいい。但し、峰打ちでございますよ」

「そうしよう。しかしな」と言って、八十郎が膝を進めた。「真っ暗闇は面白いぞ。気配がしたら斬る。あれは得難いことであった」

一年半前になる。内藤新宿（ないとうしんじゅく）は下町（しもちょう）の長屋に潜み、賊を待ち受け、返り討ちにしたことがあった。

「聞きました。裏店の床が襲って来た賊の手首と足首だらけになったとか」

「泥亀が怒ったそうだ。悪党も人だ、手加減せい、とな。次の時は木刀を持たされた」

「当然でございます」

仁助は、何かとんでもない話を聞いているような気がして、父子の顔を凝っと見ていた。

三

十二月五日。

永尋の詰所に、鍋寅と隼、天神下の多助、御蔵前片町の亀五郎、そして元掏摸の安吉が集められていた。定廻りの詰所に出仕する前の新治郎と、牢屋見廻りの詰所に行く前の正次郎もいた。

「お前らを呼んだのは他でもない。油堀の専次郎の動きを見張る助けを頼みたいのだ」

伝次郎は、太郎兵衛が里回りの仁助を助けたところからの経緯を話した。

「斑蜘蛛の隠れ家は江尻の房吉に調べてもらっているが、房吉と言えど市中すべてを聞き回れるものではねえ。斑蜘蛛の一蔵、黒羽の峰吉、厨子の長次という名をどこかで耳にしたら直ぐに知らせてくれ」

多助と亀五郎と安吉が、交替で《扇屋》を見張ることになった。専次郎か斑蜘蛛に動きが出るまでは、新治郎は他の探索に専念する。これは、百井亀右衛門が下した判断であった。

――張り切っているのだ。任せておけばよい。

と亀右衛門は新治郎に言ったのだが、それを新治郎は「一日の長があるのだ。学ぶとよい」と仰せになったと伝えていた。

――泥亀の言い種じゃねえな。

伝次郎は見抜いていたが、口には出さなかった。俺も練れて来たものよ、と誰かに言いたかったが、相手がいなかったので、仕方ねえ、と一声吠えて自分に言ってやった。

伝次郎が太郎兵衛の屋敷に着いたのは、医師・小寺了軒が手当てを終えて引き上げて間もなくだった。

玄関の上がり框に座り、真夏がぼんやりと外を見ていた。伝次郎らを目に留めると、にっこりと笑って立ち上がり、傷は順調に快方に向かっている、と了軒の診立てを伝えた。

「どうしてこんなところにいたんだ？」

真夏の返事が来る前に、襖の向こうで水音が立った。半六が、小さな悲鳴を上げている。

んっ？　と真夏を見たが、直ぐに分かった。仁助が桶に小便をしているのだろう。半六は跳ねを浴びたらしい。

　ぺっぺっ、と唾を吐く真似をしながら、半六が庭に下り、小便を捨てている。

「あたしが丹精している庭に、何てことをするんだい」

　太郎兵衛が声を荒らげたが、丹精とは程遠い庭だった。目に見えるのは立ち枯れた雑草だけである。

「それがいいんじゃないかい。大きなお世話ってもんだよ」

　ふん、と横を向いてしまった太郎兵衛を打ち捨てて座敷に入ると、仁助がすっきりとした顔で伝次郎を迎えた。

「大分いいようだな？」

「まだ無理をしないように、とお医者に言われましたが、熱も下がりましたし、何とか」

　仁助が、皆様のお蔭でございます、と殊勝なことを言った。伝次郎の臍が曲がった。盗っ人の小頭に何で、お蔭で、と言われなければならないのか。他人のお宝を盗んで安楽に生きて来たのだ。泥田を這いずり回って死ぬべきだろう。

「気を付けろよ」と言ってやった。「命を拾ったと思ったところで、突然泡吹いて逝っちまうこともあるからな」

「……へい」

顔色が悪くなったぞ。ざまあみろ。にんまりとしていると、八十郎が、腰に刀を差している。

「お出掛けですか」

「今夜は戻らぬかもしれぬ。成り行きに任せるのでな。後は頼んだぞ」

無精髭を撫でている。剃らずに出掛けるのだから、果たし合いではないのだろう。

「どこへ行くのですか」

「まあ、よいわ。其の方には縁のないところよ」

八十郎が庭にいた半六に声を掛けている。奴の小便はやたらにくさいからな。庭に撒かずに、川に流せ。

声が大きい。仁助にも聞こえたらしい。仁助が憮然とした顔をしている。仁助の見張りをする序でに、これまで斑蜘蛛がしでかした悪行を聞き出すよう太郎兵衛に頼み、真夏を探すと鍋寅と庭に下りていた。

伝次郎も庭下駄を借り、庭に出た。冬枯れの寂しい庭だった。

「親父殿は、どこに行ったのだ？」真夏に訊いた。

「剣友と久し振りに会うのだそうです。何でも日光の方にいて会えなかったとか」

「強いのか」

「それは、父の剣友ですから。二本勝負だと一対一で引き分けになるそうです」

「三本勝負にすればよいではないか」

「決着は付けたくないのでしょう」

「仲がよいのだな」

「あの父にしては珍しいことです」

「どこで会うのだ？」

「父と、その御方・枝村修蔵様、私は勝手に枝村の叔父様と呼んでいますが、二人が通っていた道場が堀田原の南の福富町にございましたので、そちらの方で」

「古賀流の？」

古流古賀流に独自の工夫を凝らし、言ってみれば八十郎の古賀流を作り上げ、それを真夏に伝えていた。それが一ノ瀬家の剣法だった。

「いいえ。父は古賀流の他にも、若い時に一時期、渡辺佑之進先生の渡辺新当流の道場にも通っていたのです」

新当流は、常陸国鹿島の人・塚原卜伝が興した流派であった。

「離れたところから古賀流を見るためだとか」

「そうだったのか。その剣友殿と会ったことは？」

「ございます。下高井戸の道場に訪ねて来られたことがございました。五年程前になります」

「手解きは？」

「受けました」

「どんな剣であった？」

「重い剣でございました。僅か二合打ち合わせただけで手が痺れました」

「野獣は猛獣を知るのだな」

「まあ、お口の悪い。でも、その通りだと思います。若い頃はもう一本、もう一本と立ち上がれなくなるまで稽古をしたそうです」

「目に見えるようだな」

「私、羨ましくて、父と枝村の叔父様の話を凝っと聞いておりました」

「道場だが、福富町辺りにそのような道場は聞かぬが、もう？」

「渡辺先生が亡くなられ、後を継いだ御方も若くして亡くなられたとかで、今はもうないそうです」

「古里がなくなったのか」

「そうですね」

「剣友か、よいのう」

「はい。大層嬉しそうでした」

「そんな顔、していたか」鍋寅に訊いた。

「こう申し上げては失礼でございますが、そんな風には」

「見えなかったな。だが、嬉しくとも笑わんのが一ノ瀬さんなのだ。眉間に皺を寄せてな。面白くない、とか言ってな」

「以前はそうでしたが、父は変わりました。皆様のお蔭と思っております」

お蔭という言葉が、今度は素直に伝次郎の心に届いた。

八十郎と枝村修蔵は、福富町の《上総屋(かずさや)》という蕎麦屋の二階にいた。若い頃には三日に上げず通った店だった。その頃の亭主は既に亡く、代は見覚えのない男に代わっていたが、名物の泥鰌鍋(どじょうなべ)は夏場だけでなく、冬場も続いていた。泥鰌鍋と叩き牛蒡と酒を頼んだ。叩き牛蒡は、筒切りにした牛蒡を蒸して叩き、それにほんの少しの醤油を垂らし、粉山椒を振り掛けたものだが、その土くささが、牛蒡好きには堪らなく美味いのだ。

「あれから、何年になる？」あれからが何か、言わずとも二人には分かっていた。

「何を言うか、五年だ」

飲む。酒を注ぐ。また飲む。叩き牛蒡が来た。口に放り込む。

「腕はどうだ？ 上がったか」枝村が訊いた。

「もう上がりようがないわ」

「真夏殿は、嫁に行ったのか」

「嫁ぎ先は決まっているのだが、まだだ」

「何をしているのだ？」

「南町でな、剣の指導をしている」

「一ノ瀬もか」

「俺は時々様子を見に行くだけだ」

同心株を捨て、野に下ったのだ。戻ったとは言えなかった。

「手放したくないのではないか」

「いや。俺には剣があればいい」

「同じだ」

飲む。酒を注ぎ、また飲む。泥鰌鍋に笹掻き（ささがき）の牛蒡をのせる。

「相変わらず牛蒡が好きだな」

「枝村もな」

「いやいや、一ノ瀬には負ける」

「どうして江戸に？」

「人に誘われてな。断れない借りがあるのだ。何せ、飯が食え、こうして酒が飲めるのも、其奴のお蔭なものでな」

「道場を開いたらどうだ？」

「多くは言わぬ。察してくれ。俺の剣は、もう日向（ひなた）を歩けぬのだ」

「…………」箸（はし）を止め、八十郎が枝村を見た。

「訊くな。言うつもりはなかったのだ。忘れてくれ」

「分かった。訊かぬ」

「ありがたい」

枝村が、荒々しく杯を干した。

「簡素な生き方をしているはずなのに、面倒な奴だな」

「そうなるな」

八十郎が笑い、枝村も笑った。

「笑うとはいいことだな。心底笑ったことなど、この五年なかった。あの下高井戸以来だ」

「よし飲もう」

「今夜は、飲み明かすぞ。よいか」

「ここでか」

「では、宿を取ろう」

「おう、地獄の底まで付き合うぞ」

「やはり俺たちは地獄に行くのか」

「極楽往生は無理だろう」

「無理だな」

笑いに影が射した。飲め、と枝村が言った。飲む、と八十郎が答えた。

翌朝、八十郎が起きた時には、枝村の姿はなかった。

宿は御厩河岸の渡しの出る三好町の小さな宿であった。そう言えば、こっちだ、と枝村に背を押されるようにして《上総屋》から宿に移った覚えがあった。

代金は支払われていた。枝村が過分に払ったのだろう。宿の主にも女将にも仲居にも、何度も礼を言われた。枝村にそれ程の余裕があろうとは、存外の驚きであった。

四

十二月八日。

仁助は再び熱を出し、眠っている。

この数日の間に、太郎兵衛に問われるまま、仁助は奥州筋での押し込みを三件白状させられていた。それらは河野の手により調書に整えられ、奉行の許に上げられている。

この日は、八十郎と真夏と半六が、太郎兵衛の屋敷に泊まっていた。

頃合と見た半六が台所に立った。真夏が続いた。

「今夜は何を？」真夏が訊いた。

「けんちん汁にします。御蔵前片町の《おたき》仕込みですから美味いですよ」

「教えてください」

「あの、生まれて初めて作るので自信が……」

「何を使うのです？」

半六が笊の上にのせてある大根や牛蒡に里芋などを見せた。

「食べられるものばかりではありませんか。どう失敗しても、食べられないものが出来るはずがありません。美味い不味いは気の持ちようです。と、父に教わりました」

確かに、その通りではあった。間違ってはいない。では、と半六が言った。

「始めましょうか」

「そうしましょう」

真夏が米を磨いで水に浸している間に、半六が大根と牛蒡と里芋を洗った。

「では、大根からです」皮を剝き、半月に切った。

「次は、牛蒡です」笹掻きにした。

「里芋です」乱切りにした。

「蒟蒻は、千切ります」

半六が指で千切って見せた。ふむふむ、と言いながら真夏が真似て千切っている。八十郎に次いで太郎兵衛が見に来た。

「大丈夫なのか」と太郎兵衛が八十郎に訊いた。「嫁御として、いささか心許ないが」

「何とかなる。食えぬものを調理している訳ではないからな」

半六が真夏を見て笑った。真夏も笑って応えた。

「油揚げは細く切ります」

半六が切った。

鍋に胡麻油を引き、大根と牛蒡と里芋を炒め始めた。油揚げと蒟蒻を加えると、水気が跳ね、盛大な音が立った。更に炒めてから水を注した。竈に薪を足し、火力を上げる。鍋の中が沸き立ったところで灰汁を取り、少しの醤油と塩と酒で味を調えた。

「さっ、お豆腐です。真夏様にお願いします」

「入れるのですね」

「そうなんですが」

この頃の豆腐は、一丁が現代の豆腐の四倍はある。半六は、半分に切り分け、それをもう半分にして真夏の掌に置いた。

「握りつぶすようにして鍋に入れてください」

「よろしいのですか。崩れてしまいますよ」

「崩すのです。ぐちゃりと」

「ぐちゃり、ですね」

「そうです」

真夏の指が内側にゆっくりと曲がった。指の間から潰れた豆腐がにゅるりと飛び出し、鍋に落ちている。

「わっ」と真夏が言った。

「わっ、でしょ」

真夏の口が大きく開き、頷いた。

「もう半分、お願いします」

またゆっくりと潰した。

半六が、鍋に落ちた豆腐を掻き回してから、杓子(しゃくし)で汁を小皿に取り、味見をした。

「真夏様もどうぞ」

真夏も汁を小皿に受けた。少し味が薄いような気がした。

「そのようです」

半六が醬油を落とし、掻き混ぜてから、小皿に汁を取り分けた。

「よくなりました。美味しいです」

「これがけんちん汁です」

「覚えました」

「では、ご飯を炊きます。炊ける間に、けんちんの味が落ち着くでしょう」

半六が、釜を持ち上げ竈に置いた。


夕餉を終える頃に、仁助が目を覚ました。けんちん汁の汁だけを吸って、首を横に振った。熱が高くなっていた。額を冷やした。

心細げに見ている半六に八十郎が言った。

「案ずるな。この程度なら死なぬ。俺は、斬り刻まれて死んでいった奴を何人も見ている。死ぬ前には、死相というものが顔に出るのだ。出るまでは大丈夫だ。出たら、手の施しようがないがな」

何が大丈夫なのか、よく分からなかったが、死相が出ていないということは分かった。半六は仁助の枕許に詰め、手拭いを換えてやることにした。どんなに悪い奴でも、これだけ苦しんでいればもう報（むく）いは受けたはずだ。額の手拭いを取り、水に浸し絞った。水音がやけに大きく響いた。

肩を揺すられて、半六が目を覚ました。いつの間にか眠ってしまったらしい。

目の前に太郎兵衛がいた。

訊こうとすると、太郎兵衛の手が半六の口を塞いだ。

「外に誰かいる。仁助を隅に寄せるぞ。手伝え」

仁助を敷き布団ごと引いて、部屋の隅に寄せた。

「仁助の上に四つん這いになれ」

言われるままに四つん這いになると、いいか、と太郎兵衛が言った。

「布団を掛け終えたら行灯の灯を消す。ここは真っ暗闇になる。何があっても出て来るな。一ノ瀬さんが動くものは見境なく斬るからな。のこのこ出て来ると、お前の首が飛ぶぞ」

頷いている間に、敷き布団が何枚も重ねて掛けられた。遠退いて行く太郎兵衛の足音が聞こえた。と思った次の瞬間、雨戸が蹴破られるけたたましい音がした。次いで、入り乱れた足音と、刃の噛み合う音に続いて、叫声と罵声（ばせい）が渦巻き、やがて静かになった。

　誰かが布団を叩いた。

「出ていいですよ」真夏の声だった。

　敷き布団の間から首を出すと、行灯の明かりの中に男が五人、転がっていた。奥にも二人いた。七人かと思うと、縁側からずり落ちるようにして一人が倒れていた。

「峰打ちだ。ふん縛ってくれ」八十郎が半六に言った。

　捕縄は一本しか持っていなかった。賊は八人いる。

「あるぞ。煮染めにするくらい」

　太郎兵衛が、行李から青、赤、白、黒の捕縄の束を取り出して来た。同心や御用聞きの持つ捕縄は季節によって色が違った。春は青、夏は赤、秋は白で、冬は黒に染めた麻縄を使うのである。

「助かりやす」

　半六が、二人一組にして縛り始めた。

「二人程逃げられたか」

　八十郎が真夏に言った。

「あの足音は二人でした」

「十五間川の方に行ったな」

亀久橋のある方とは逆の方である。

「はい。多分《扇屋》に向かったのだと思います」

「足音だけで、どっちに行ったかまで分かるのかい？」太郎兵衛が二人に訊き、
応えを待たずに唸って見せた。

「どうかしたんで？」仁助の声だった。

目が覚めたらしい。賊を縛り終えた半六が、仁助に話している。

「経緯を呑み込めたら、この中に其の方を刺した奴がいるか、見てくれ」

八十郎が襟首を摑み、二人ずつ仁助に見せた。

「どうだ？　見覚えのある奴はいるか」

仁助が小さく首を横に振った。

「斑蜘蛛の中でも《扇屋》でも、見掛けたことはないんだな？」

「そうです……」

「すると、雇われたのか」

雇い主は誰だ。男どもに訊いたが、口を噤み、誰も答えない。

「まあ、いい」と八十郎が言った。「朝まで暇なんだ。今夜は寝ずに訊こうではないか」

「本当に、どこの誰だか知らねえんで」と弁慶縞を着た男が言った。

「ここに、悪い浪人がいて、怪我をした裏切り者を匿っている。どうにかしてくれ、と頼まれたんでさあ」矢鱈縞が言った。

「どうにかするって面ではねえぞ。殺したら幾らもらえたんだ？」太郎兵衛が言った。

「吐け。吐かなければ、しつこくいつまでも訊くぞ」

「怪我している爺を殺したら二両。ここにいるのを皆殺しにしたら、十両で……」

「悪くない稼ぎだな」八十郎が言った。

「で、受けてしまったんです」

「その挙げ句、獄門か」太郎兵衛が、ぽつりと言った。

「まさか……」弁慶縞らが顔を見合わせている。

「いいものを見せてやるぜ」

太郎兵衛が十手と黒羽織を持って来た。

「俺たちは、こんな身形をしているが、八丁堀の同心なんだ。其の方どもはそれと知っていて襲って来た殺しの請け人だ、と言えば、分かるな。引廻も付くことになるかもしれぬぞ」

八十郎が凄みを利かせると、男どもが震え上がった。

どうやら本当に、斑蜘蛛や専次郎の身内の者ではないらしい。町の雑魚を雇ったのか。だとすると、ひどく嘗められたものよ。

「頼んだのは、どんな奴だ？」

「男でした」子持縞が言った。

「幾つくらいだ？」

三十の半ばで、痩せていたらしいことは分かった。

「顔を見れば分かるか」

「勿論でさあ」男どもが声を合わせた。

「二人逃げたが、彼奴どもか、頼んだのは？」八十郎が訊いた。

「その通りでございます」弁慶縞が言った。

男どもの後ろの方で仁助の右手が上がり、揺れた。膝を送った半六が、あの、と言って、言葉を切った。

「どうした？」八十郎が訊いた。

「催した、と言っているのですが」

「何だと？」

「襲われたと知って、どきどきしたら、催して来てしまったとか……」

最初に襲われたのが三日の夜で、今日は八日になる。そうか、今までなかった通じが来たのか。

「後架に行けるか」八十郎が賊の頭越しに訊いた。

「動けないそうです」半六が言った。

「ならば、そこでさせるしかないな」

「おいっ」と太郎兵衛が怒鳴った。「俺の布団だぞ」

「油紙を敷いてあるんだ。汚れはしまい。そこでさせてはどうだ？」

男どもの頭越しに半六の顔が見えた。ひどく情けない顔をしている。八十郎が、男どもに言った。

「誰か用足しを手伝う者はいないか」

男どもがそっぽを向いた。

「ただとは言わぬ。始末したら、罪が軽くなるよう口添えしてやるぞ」

「嘘じゃねえでしょうね？」矢鱈縞が言った。

「疑うのなら、其の方はやらんでいい」

「あっしにやらしておくんなさい」矢鱈縞が頭を下げた。

弁慶縞と子持縞が続いた。

「よし、其の方だ。頼むぞ」矢鱈縞に言った。

「ありがてえ。旦那、恩に着ますぜ」

縄を解くと、矢鱈縞が油紙を手にして、仁助の脇に座った。仁助は、上に掛けていた掻巻を取り、着物を開き、下帯を外している。

「済まねえな」

「いいってことよ。こっちも助かるんだ」

言ったところで矢鱈縞が、そうだ、そうだ、と呟きながら立ち上がり、晒しを解いた。八十郎に頼んで一尺ずつ切り分けてもらい、一枚を残して他の五枚を手拭いを絞るためにおいていた桶に入れ、濡らして絞っている。

「尻を拭くためです」

「成程」八十郎と太郎兵衛が、同時に頷いた。

「さっ、思い切り気張りなせえ」矢鱈縞が仁助に言った。

仁助が唸っている。が、出ない。

「えらく固くなっているようですね」

仕方ねえな。矢鱈縞は暫くの間腹をさすると、冷てえが我慢するんだぜ、と言って濡らした晒しを尻に当て、揉み始めた。

「これで出易くなるはずだ」

八十郎が、頭を掻き、台所に目を遣った。真夏が、一人ぽつんと座っていた。

「あっ、あっ、あっ」矢鱈縞が騒いだ。

仁助が小便をし出したのだ。

「待て、待て、待ってくれ」矢鱈縞が、水気を吸わせる晒しが足りない、と言った。

弁慶縞の腹を見た。晒しを巻いている。隣も巻いている。二人に立つように言い、晒しを取った。

「これを使え」

小便を吸い取り、晒しが黄色くなっている。矢鱈縞が、背の方に流れた小便をこまめに拭き取っているうちに、その時が来たらしい。盛大な音を立てて、溜まっていたものが出て来た。

「すげえ、すげえ。大漁だぜ。とっつぁん」

途端に家の中が濃密なにおいに満たされた。

「開けろ、開けろ」八十郎が怒鳴った。半六が、玄関に続く襖と戸を開けた。庭からの冷風が心地よかった。

「もう直ぐだ。ほい。これで終わり」

濡らした晒しで後の始末をし、最後に乾いた晒しで拭いている。

「気持ちよかっただろ」

乾いた晒しで汚れものを丸めると、仁助の腰に下帯を付けている。

「いや、ご苦労だった。手を洗ってくれ」

桶の水を柄杓(ひしゃく)で掛け、手を洗わせた。

「疲れました」言った後で、本当にお口添えをしていただけるんでございますよね、矢鱈縞が訊いた。

「任せておけ。と言っても、この一件が解決しなければ、口添えも出来ぬがな」

「それで結構でございますので、何分、よろしくお願いいたしますです」

「其の方が悪い者ではないと分かった。其の方に免じて、他の者も皆、口添えしてやろう」

弁慶縞らが歓声を上げた。

「だが、襲えと依頼した者の面を見ているのは、其の方どもだけだ。俺たちが其奴を見付けるまでは、奉行所の仮牢か大番屋で待つことになるが、よいな？」

「いつ頃見付かるんですかい？」

「分からんが、俺たちの腕を信じていろ」

「あの……」

何だ、と八十郎が訊いた。

「奴らって、今夜、ここに来る時は二人だったので、奴らなんですが、ぼそぼそと話している時に、人の名前が聞こえたんです。仁助の兄ぃとか何とか伝次郎と言ってました」

「そうか。其の方が尻の始末をしたのが、仁助の兄ぃだ」

へっ、と声に出して、矢鱈縞が振り向いた。

「兄ぃと呼んだだけでは分からぬが、伝次郎の名が出たってことは、どうやら専次郎のところの者だな」

仁助が唇を嚙み締め、目を閉じた。

そこに至り、思い付いたように八十郎が、男どもに名と住まいを訊いた。

「順に言え。正直に言わぬと、面倒なことになるぞ。其の方からだ」

矢鱈縞を指した。

その頃――。

太郎兵衛の屋敷から逃げ出した二人は、這々(ほうほう)の体(てい)で《扇屋》へ辿り着いていたが、多助らは宵五ツ（午後八時）を限りに見張りを終えて引き上げていたので、その有様を目にすることはなかった。

五

十二月九日。七ツ半（午後五時）。

江尻の房吉が、永尋の詰所に現れた。房吉は、永尋に来る前に定廻りの詰所に寄って来たらしい。新治郎と卯之助も一緒だった。

斑蜘蛛の隠れ家はまだ摑めなかったが、

「その代わり、と言っては何ですが……」

大名家の下屋敷に、見慣れないのが出入りしているという噂を聞き付けたので、探ってみたところ、

「どうやら、ひどくにおうので」

知らせに来たのだと言った。

「詳しく話してくれ」伝次郎が言った。

「その御大名家は、下谷通新町(とおりしんまち)の大門通りを行った石川信濃守(いしかわしなののかみ)様の下屋敷でございます」

　大名家の下屋敷の中間部屋と言えば、その多くが賭場になっていた。石川家の中間部屋もご多分に洩(も)れず毎夜賭場が開かれていた。そこに、この月の始め頃から江戸者ではない男が顔を出すようになっていたのである。

「来るのは、いつもは二人、多い時で三人。一刻程遊んで、帰りは通新町橋を渡った先にある煮売り酒屋《百文(ひゃくもん)》で飲み、塒に帰ると思われるのですが、肝心の、後一歩というところにある曲がり角の先が、これが人通りがなくて、どうにも一人では尾けづらい道なのです。間違いでしたら申し訳ないのですが、人数を貸していただけないかと参った次第でして」

「分かった。貸すも貸さねえもねえ。こっちが頼むのが筋ってもんだ。使ってくれ」

　そんなに怪しいのか、と訊いた。

「誰かが来るのを待っているのか、それとも知らせが来るのを待っているのかは分かりませんが、待たされているのは間違いございません。そこが、何とも気になりまして」

「よしっ、探ってみよう。頭数は、何人要る？」

「五人程お貸し願えれば御の字でございます。やり方ですが」

下屋敷の門前に見張り所を設けるのだと、房吉が切り出した。心当たりはございます。そこで、奴らが博打を打ちに来るのを待つのです。

奴らの面を覚えたら、あっしと二と三と四がともに外で見張る。その間に五と六が別々に《百文》に入る。《百文》は八畳ほどの入れ込みがあるので、離れたら話が聞けません。五と六は離れて座り、一人で飲んでいる。

奴らが下屋敷から出て来たら、二は《百文》に行き、奴らの近くに陣取っている五か六どちらかの連れとして座り、話を盗み聞く。

その間に、三と四とあっしは通りを走り、決めておいたところに隠れる。奴らが《百文》から出て来る。曲がり角はただ一つ。そこを奴らが曲がる。道の先は、てんでんばらばらに六軒の百姓家がある。どの家に入るのかを、あっしと三と四の誰かが見届ける、って寸法です。

「昼間調べることは？」

「やろうとしたのですが、百姓姿の者がうろついておりまして、それが、これは勘なのですが、どうも見張りじゃねえかと」

「恐ろしく用心深い奴らだな」

「隠れ家を守るだけのお役目の者かと思われます」

「下手に探らねえ方が無難だな」

「へい」

「よし、それでやってみよう」

伝次郎が、房吉に手爪の捨三はどうしているか、と訊いた。

「どこと言って行く当てがございませんので、まだ隠れておりますが」

「捨三は、てめえの見たことのない者の似絵を、聞いただけで描けるか」

「あれだけ器用ですので、多分」

盗賊・夜宮の者たちの似絵をすらすらと描いて見せたことがあった。

「よし、これから行って、賭場に来ていた奴らの顔を描いてもらってくれ。そいつを仁助に見せれば、斑蜘蛛の仲間かどうか、分かるだろう」

「承知いたしました」

「お前の眼力は呑み込んでいるが、人数を一個所に集めるとなれば、念には念を入れなければならねえんだ」

「大旦那、当たり前のことでございます。お気遣いは無用に願います。では、行って参ります」

新治郎らに頭を下げ、風のように詰所を出て行った。

「もし斑蜘蛛でしたら、卯之助も使ってください」新治郎が言った。

「お願いいたします」卯之助が続いた。

「そうであってくれるよう祈ろうじゃねえか」

翌十日——。

房吉が、捨三の描いた三人の男の似絵を持って来た。早速房吉を伴って深川に行き、仁助に見せると、

「これは河津の惣助と喜連川の権八に相違ありません」

三人目は新顔なのか、似ていなかったのか、仁助には分からなかった。

「上出来だ。後は、捨三をここに連れて来て、代を継いだ一蔵と黒羽の峰吉の顔を仁助に聞いて描いてもらってくれ。俺たちは見張り所を設けておく。心当たりってのを教えてくれ」

捨三が隠れているところと方向が同じだからと、房吉が先に立って大門通りに出向いた。

下屋敷の門を見通すところに笊屋があった。

「あの二階でございます」

まさに打って付けの場所だった。伝次郎の頼みを笊屋は二つ返事で受けた。

それを見届け、房吉は捨三の元に走った。

伝次郎は、多助らを呼ぶように鍋寅に言った。亀五郎と安吉の三人で、《扇屋》を見張らせていたのだが、専次郎は鳴りを潜めてしまっていたのである。

三日が経った。

その夕刻――。

二階の障子窓から通りを見張っていた房吉が、畳をこつんこつん、と二度叩いた。

伝次郎が跳ねるように起き上がった時には、鍋寅を始めとして、卯之助や多助、亀五郎らが、頭を縦に並べていた。この寒空の下、素足に袷を着ただけの男が二人、下屋敷に向かっていた。

「河津の惣助に喜連川の権八です」

「よしっ」

半刻程して、鍋寅と多助が、一人ずつゆっくりとした足取りで《百文》に向かった。

鍋寅と多助に程良く酒が回った頃、惣助と権八が《百文》の戸を開けた。入れ込みを見回し、鍋寅の後ろに上がり込んだ。酒を頼み、気忙しく呷るようにして飲んでいる。そこに、卯之助が来た。店の中をぐるりと見回し、鍋寅の後ろに惣助らを見付けた。

「叔父貴、済まねえ。片付かなくてよ」鍋寅の脇に並ぶようにして腰を下ろした。

「どうでぇ女房の具合は？」

「まだ頭が痛むとか言っております。弱くって困ったものです」

「そうかい。まあ、気を付けてやるんだな」

鍋寅の酒を受け、卯之助が杯を干した。

「食いな。腹、減っただろう」卯之助が、厚揚げと大根の煮物に箸を伸ばした。

卯之助らの話を聞いていたのだろう、二人が話し込んでいるのを見越して、惣助が権八に言った。

「いい加減、腐るぜ」

「もう少しの辛抱だ。焦(あせ)るんじゃねえ」

「義理だとか、先代が杯を交わしたとかで頼むからいけねえんだ。何が縄張りうちだから任せろ、だ。笑わせるぜ。あのとっつあんがお恐れながら、と妙なところに出てみろ。俺たちは」

おいっ、と権八が膝を突いた。

「でかい声を出すんじゃねえ。始末は付ける、と言っていなさるんだ。やらせりゃいいじゃねえか」

「分かっているよ」

「飲め」

「ここの酒も飽きた」

「そう言うな。いつまでもいる訳じゃねえんだ」

「だったら、早くしろってんだ。うんざりだ……」

乱暴に杯を置いた。

「酒はおつもりだ。何か腹に入れようぜ」

「……握り飯がいい」

「またか」

「塩むすびがあれば、他にはいらねえ」

姐さん、と権八が言った。塩むすびを二つと、丼飯に煮物の汁を掛けたのを頼む。

飯を食い終えた二人が出て行くのを、鍋寅らはそっと見送った。この先は房吉らの役目だった。

惣助と権八の足音が、ひたひたと通りに響いた。

二人の足は、金杉下町の横町で、西に折れた。真っ暗闇の上り坂がゆったりと続いている。道の先は田畑で、その手前に百姓家がぽつん、ぽつんとある。

百姓家の藁屋根が濃い群青の夜空の下に黒々と蹲っていた。百姓家の手前で、二人は振り向き、闇を透かし見てから、戸をこつん、と叩き、俺だ、と言った。今、戻った。開けてくれ。

戸が開き、鈍い、煤けたような明かりが漏れ、男どもの笑い声が聞こえた。男二人が入ると、また闇の底に沈んだ。少なくとも五、六人はいるような気配だった。

ふっと息を継いで、男が藪の中から出て来た。房吉である。

「見届けたぜ」

街道に戻る房吉の後に、亀五郎と半六が闇から這い出すようにして続いた。

翌日、見張り所を曲がり角近くの笠屋の二階に移して二日が経った。

夕刻からぽつりぽつりと男どもが曲がり角を折れ、百姓家の方へ向かって来る。

「何かありそうだな」

気付いたのは、二日前から援軍として加わった染葉だった。

「暗くなったら見て参りましょう」

房吉が答えているうちに、また男の姿が見えた。浪人を二人従えている。一人は懐手をし、もう一人は引き抜いた草を銜えている。

「あれが、峰吉ではないのか」染葉が房吉に訊いた。

房吉が捨三の描いた似絵と見比べている。

「多分、間違いないと思われます。黒羽の峰吉でございます」

「よく分かったな」伝次郎が訊いた。

「浪人を二人も連れているだろうが。あの懐手をしているのは、凄い腕だぞ」

染葉も伝次郎らも知る由もないことだったが、懐手は枝村修蔵であった。

「そんなに、すごいんで？」房吉が窓の格子を透かして見た。

「俺では、五十回戦っても勝てぬだろう。伝次郎なら百回だ」

へっ。伝次郎が鼻に皺を寄せた。

「言わせておけばよい」

「見に行くのは止めておけ。危な過ぎる」

「近付かなければ大丈夫でございましょう」

草むらに這い、百姓家を出て帰路に就いた男どもの話を盗み聞いて来るのだと房吉が言った。

「ここはお任せください。盗っ人の身形をして探って参ります」

「無理はするなよ」

日が沈み、百姓家に続く道は闇に閉ざされた。

黒の装束で身を固め、黒の覆面を被った房吉が、百姓家へと駆けて行った。

一刻余が過ぎた。

百姓家の戸が開き、中から男どもが出て来た。七人いた。峰吉らしい影を中心に、二本差しが左右に散っている。二人が見送り、頭を下げて中に戻った。五人が歩いて来る。

「漸(ようや)くでやすね」と峰吉の斜め前を行く男が言った。「飲みますか」

「明日だ。今夜は止めておけ」

浪人が峰吉を手で制し、房吉が潜んでいる藪を見詰めた。

房吉は息を詰め、石になった。浪人が、いや、枝村修蔵が、そろりと踏み込んで来た。

枝村は闇を凝視したまま動かない。暫しの時の後、枝村の刀が鞘(さや)から滑り出し、枝先を斬り、また鞘に戻った。はらりと枝が足許に落ちた。

「先生。どうなさったんで?」

「気のせいのようだ……」

「……行きますぜ」

辺りを見回している気配がした。

峰吉の声だった。

「うむ……」

枝村が通りに戻って行った。

駄目だ。尾けられねえ。

房吉の全身から冷たい汗が噴き出した。

峰吉らの足音が遠退いたところで藪から出、肩で息を吐きながら、峰吉が言っていた、明日という言葉が気になった。

知らせなければ。房吉は百姓家を振り返ってから、そっと駆け出した。

六

十二月十七日。

伝次郎は、鍋寅、隼、半六らとともに笠屋の二階の見張り所にいた。他に詰めているのは、凄腕(すごうで)がいるからと染葉に乞われた八十郎と、染葉と稲荷橋の角次と手下の仙太(せんた)の八人であった。新治郎と房吉が七ツ半（午後五時）までに来ることになっていたが、遅れていた。

日が大きく傾いている。もう四半刻もすれば、辺りは闇に包まれてしまうだろう。寒い。重黒い空を見上げた。

子供らの歓声が道に響いている。そろそろ遊びを終え、それぞれの家に戻る頃である。

「旦那」と鍋寅が、目で指した。斑蜘蛛の隠れ家の方から男が二人、下りて来る。足袋で足を固め、股引を穿き、半纏を着込んでいる。

「昨日とは、馬鹿に違うじゃねえか……」

子供らが駆けて来た。

男どもが角口を曲がったところで、擦れ違うように駆けていた男の子が躓いて転んだ。ひどい泣き声を上げている。男の一人が、抱き起こした。男の子が、胸にすがるようにして起き上がろうとして、はっ、と顔を上げた。泣き声がふいに止んだ。

男が、子供を突き放した。再び男の子が泣き始めた。

「隼、来い」

伝次郎が隼と階下に下りて、泣きながら歩いて来る子供を手招きした。伝次郎を見て、男の子の口が更に大きく開いた。

「隼、黙らせろ」

坊、と隼が呼んで、子供の前にしゃがんだ。痛かったかい。

可哀相だったね。

男の子が頷いた。

「あいつに何か言われたのか」伝次郎が小声で言った。

「あのおじちゃんに、ひどいこと言われたの？」隼が子供の顔を覗き込んだ。

男の子が首を横に振った。

「どうして、一回泣き止んだのだ？」

「お姉ちゃん、見ていたら、一回泣くの止めてたね。何かに驚いたようだったけど、びっくりしたのかな？」

男の子が頷いた。

「どうしてだ？　何があったのだ？」

「あれれ、何か変なことがあったのかな？　教えてくれるかな？」

「痛かった……」

「おじちゃんに触ったら痛かったの？」

「すごく固かった……」

伝次郎が階段の下に走り、半六を呼び、万一のためにと用意していた鎖帷子を持って来るように言った。

「坊、これか」

と鎖帷子を袖の下に入れ、上から触らせた。

男の子が大きく頷いた。

「ありがとよ」

階段の上から鍋寅が首を覗かせて言った。今度は三人、出て行きやした。

「動き出したぞ」

何だか分からねえが、何かしようとしているんだ。尾けるぞ。

笠屋のかみさんに坊を送るように頼み、二階にいた八十郎と染葉らを下ろした。

「旦那。まだ出て来るかもしれませんぜ」鍋寅が言った。

「半六。俺たちは、尾ける。お前はここに残り、誰か出て来るか、見張っていてくれ」

「出て来たら、どういたしましょう？」

「その時は、着ているものを脱いで抱え、褌一つになって走って来い。それを見たら、俺たちは隠れ、次の奴を尾けることにする」

「えっ」半六が皆の顔を見回した。「そんな……」

「嫌なら隼にやらせるぞ。それでいいのか」

「えっ」と隼が、後退りをしながら半六を見た。

「やります。あっしがやります」

「それでいい。が、房吉が、中にいるのは五、六人ではないかと見ている。五人だとしたら、出払ったことになるから心配するな」

「四半刻も待つことはないぞ。暫くしたら、追って来い。自身番に向かった方角を教えておくからな」染葉が言った。

「若旦那を待たなくてもよろしいんで？」

「お前が出る時まで来なかったら、笠屋に言付けを頼め。『自身番に訊いて追って来い』とな」

尾けるぞ。先に行け。伝次郎が鍋寅と角次らを先に出した。

居残った半六に隼が片手拝みをして、伝次郎らの後に付いた。

男どもは、三ノ輪の浄閑寺から今戸橋（いまどばし）に掛けて延（の）びている土手道に折れ込んで行った。日本堤（にほんづつみ）の一本道である。

「奴ら、どこへ行くんでやしょう？」

鍋寅が、吉原に向かう男どもの背に隠れるようにして伝次郎に訊いた。

「もしかすると、深川だ」太郎兵衛の屋敷に向かっていると思えば方角は合っている。

迷ってはいられない。伝次郎は、ぐるりを見回した。太郎兵衛の屋敷を知っているのは、八十郎と染葉と鍋寅と隼である。

鍋寅と隼に、鎖帷子を着込んだのが襲いに行く、と伝えるように言った。

「鍋寅は吉原から駕籠で今戸橋に出、舟で亀久橋へ行け。隼は橋場まで駆け、そこから舟に乗れ。どっちかが先に着くだろうぜ」

二人に駕籠賃と舟賃を渡していると、俺も行こう、と八十郎が言った。

「早いに越したことはあるまい」

「俺もだ」と染葉が続いた。

「百姓家にいた者と峰吉ら、合わせると鎖帷子が十人余になる。それに、あの凄腕の浪人も、となると、ちと面倒だ。ここは助っ人を頼んだ方がいいだろう」

「いるのか、そんなのが？」

「俺を誰だと思っているんだ。伝次郎や、一ノ瀬さんや太郎兵衛が逆立ちしても出来ない芸があるのを忘れたか」

「早く言え」

「人当たりがよく、腰も低く、大名家から過分の付届をもらっていたのは、伊達ではない、こういう日のためよ。深川には、いろいろ面倒を見た井上備前守様の下屋敷があるんだ。高張提灯と御家来衆を二十人くらい借り出しておけば、威嚇にはなるだろう」

「そいつはすごい。頼む」

「もう一人、奉行所まで走り、甚六か泥亀にことの概略を話し、出張ってくれるよう言ってくれ」

こいつに走らせてやっておくんなさい。角次が手下の背を叩いた。

「仙太か、頼むぜ」

「へい」

仙太が土手を駆け下り、畦道伝いに吉原をぐるりと回り込んで行った。

それを見ていた八十郎が、染葉に何か言っている。染葉は頷くと、隼に言った。

「行くぞ」

「へい」

染葉と隼は仙太とは逆の方へと土手を下りると、瞬く間に見えなくなった。

男どもは、吉原に続く衣紋坂を南に見ながら、尚も真っ直ぐに今戸橋方向へと向かっている。

「俺たちの番だ。来い」

八十郎が鍋寅に言い、衣紋坂に走り込んだ。

背後から足音が近付いて来た。半六だった。新治郎と房吉に堀留町の卯之助らもいた。

「後ろは大丈夫でございます」半六が言った。

「よかったな。風邪を引かずに済んで」

「へへっ」とこの場に相応しくない笑い声を上げ、慌てて口を閉ざした。

「遅れて済みませんでした」新治郎が言った。

「人斬りが出まして、引っ捕らえるのに手間取りやした」卯之助が言い添えた。

「そっちは分かった。ご苦労だった。急ぐぞ」

日本堤の果てが見え始めて来た。伝次郎は歩みを遅くし、皆の背後に付いた。

男どもが、山谷橋に着いたところで足を止めた。袂の茶屋から湧いたように男どもが現れ、五人と一塊になっている。総勢十一人であった。中に浪人が二人いた。

男どもは、二言、三言言葉を交わすとまた塊を崩し、二人、三人と分かれて待乳山聖天の方へと流れ出した。そのまま深川の太郎兵衛の屋敷近くまで行くのだろう。

「一蔵らしいのは、いたか」

「分かりませんでした」房吉が答えた。

「後になりゃ分かる。舟で追い抜くぞ」

伝次郎らが太郎兵衛の屋敷に着くのと同時に、染葉が手配を済ませて戻って来た。

井上様の御屋敷から二十人借りて来て、二十間川の向こうにある朽木様の御下屋敷で待機してもらっている。ここで騒ぎが起こったら、呼子を吹く。それを聞いた東平野町の自身番の者が、朽木様の御屋敷に知らせに駆け付ける、という手順になっている。いいか、と染葉が言った。

「文句ねえが、人がたくさん居過ぎて、狭くていけねえ」

新治郎と卯之助らに、自身番の者とともに亀久橋の袂で見張るように言った。

騒ぎが起こったら、駆け付けてくれ。

「承知しました」

新治郎らが持ち場に走った。

「頼まれたものです」

染葉が八十郎に六尺棒を渡した。おっ、ありがとよ。八十郎が早速棒の先を脇差で削り始めた。

「久し振りにわくわくするな」

伝次郎がぽきぽき指を鳴らしていると、合間に腹の虫が鳴った。思い返してみると、昼に交替で蕎麦を食べただけで、以降腹に何も入れていなかった。

「だろうと思って、握り飯を作っておきました」

真夏が盆に山盛りの握り飯を運んで来た。形が整っているのに混ざって歪なのがある。

「こっちが私の握ったもので、この妙な形をしているのが父のです」

皆の手が一斉に真夏の握った方に伸びた。

「塩握りですか」と部屋の隅から仁助の声がした。

「食うか」

「いただきます」

「形が悪いが、これでいいか」八十郎が手を止め、握り飯を持ち上げて見せた。

「結構でございます。歪なのは美味いんです。母親がって、母親なんて代物ではございませんでしたが、不器用なお袋でして、粟とか稗ばかり食べていたのに、正月だけは白い飯を炊いてくれましてね。最後に小さな、ほんとに小さな塩握り飯をね、作ってくれまして、それを、あーんしな、と言って口に押し込んでくれたんですが、ありゃあ、美味かった……」

そのお袋が酔ったお侍に斬り殺されましてね。あっしは、そのお侍を探して探して探し抜いて、見付けました。後はどうやって殺すか、です。考えました。ここまで言ったんだ。話しちまいますと、膝の皿を棍棒で叩き割って逃げられないようにしてから、石をぶつけたんですよ。そして虫の息になっているところを、棍棒で殴り殺しちまったって訳です。十四でした。それが、この渡世に入った切っ掛けでございます……。

「食え」と八十郎が仁助に握り飯を手渡した。

「ありがとうございます……」

仁助が、震える口をこじ開けるようにして握り飯にかじり付いた。

「美味え……」

真夏が水を張った桶を持って来た。

「指をお洗いください。そのままではべた付き、不覚を取り兼ねません」

皆が我に返り、指を洗った。

雨戸は立ててある。

行灯は倒れると油が燃え広がり、火事になる。火を落とし、座敷の四隅の鴨居に蠟燭を灯した。

後は待つだけである。

庭に面した座敷に八十郎が、裏口のある台所に真夏が詰め、仁助の傍らに太郎兵衛と伝次郎と染葉が付き、鍋寅と隼と半六は納戸に押し込められた。

四半刻が過ぎた。

庭草を踏む音がし、雨戸の前で止まった。

八十郎が六尺棒を手にして立て膝になった。

匕首の切っ先が雨戸の下に差し込まれ、引かれた。雨戸が外れた。と同時に飛び込んで来た男の目に六尺棒がぐさりと刺さった。

うろたえて動きを止めた隣の男の咽喉を、電光のように閃いた太刀が斬り裂いた。忽ちにして二人の賊が倒れた。

裏口でも戸が破られたらしいが、一瞬の後に静かになっている。呻き声が聞こえて来た。

「先生」

と中央にいた賊が叫んだ。賊の後ろから、先生と呼ばれた男が出て来るのに合わせ、八十郎が廊下に立ち塞がった。

男が、やはり、そうだったのか、と言って灰明かりの中に出て来た。

「襲うのが南町の同心だと聞いて、少しだが胸騒ぎがしていたのだ」

「枝村か……」

「こんなことをしているのだ。今はな」

「………」

聞き入っている伝次郎に太郎兵衛が、呼子を吹け、と言った。

「おうっ、忘れてた」

伝次郎が思い切り呼子を吹き鳴らした。屋敷の中で音が籠もっている。

「外にまで聞こえたか」太郎兵衛が訊いた。

「分からんが、今は外に出られん」

「では、銜えていろ」太郎兵衛が言った。

「ピイピ」と呼子が鳴った。分かった、と言ったのだ。

「何ゆえ、ここにいる？」枝村が言った。

「戻っているのだ。成り行きでな」

「戻れる奴はいいな」

「済まん」

「まあ、どうでもいい。決着を付けるか」

「叔父様」

裏口から押し入って来た賊を正眼に構えた剣で牽制しながら、真夏が叫ぶように言った。

「真夏か。いや、真夏殿と言わねばならぬな。大きゅうなられたな」

「叔父様、何ゆえ、斯様な者どもと……」

「訊いてくれるな。話せば長くなる」

「でも……」

「嫁に行かれるそうだな。幸せになるのだぞ」

「私を幸せにしたいと仰しゃるなら、父との立ち合いはお止めください」

「そうは行かぬのだ。父上とは、一度は真剣で立ち合わねばならぬし、また、この斑蜘蛛の一党にはずいぶんと世話になったのでな」

「先生、早いとこ頼みます」

峰吉が言った。

「八十郎、ここは狭い。表に出てくれるか」

「いいだろう」

「先生、俺たちは？」峰吉が目を剝いた。

「逃げぬ。外で立ち合うだけだ」

「だったら、ここでやってくださいよ」峰吉の傍らにいた男が、枝村の前に回り込んだ。

「長次、どけ」枝村が言った。「ここでは、気が散るのだ」

「寝惚けたこと言うんじゃねえよ。美味いものを食わせ、酒と女と小遣いをくれてやっていたのは、こんな日のためだろうが。何様だと思ってやがるんだ。てめえから刀を取ったら……」

枝村の太刀が一閃し、長次の首を打った。長次が膝から崩れて落ちた。

「峰打ちだ」

賊どもが抜刀したまま、後退っている。庭の中央がぽっかりと空いた。

枝村は刀を鞘に納めると、庭に下りた。

八十郎が伝次郎らに、後は任せた、と言い置いて、枝村に続いた。

「父上」真夏が叫んだ。「叔父様」

「橋がいいだろう。あそこなら、存分に剣を振るえる」八十郎が言った。

「分かった」

踏み出した枝村の足が、門の手前で止まった。たくさんの足音が響いて来たのだ。高張提灯の灯が見えた。火袋に丸に橘の家紋が描かれている。井上家の家紋だった。新治郎と卯之助とともに先頭にいた家士が、囲め、と叫んでいる。高張提灯を掲げた中間が左右に散り、襷掛けをした下屋敷の侍たちがそれを追った。新治郎と卯之助が十手を突き出した。

「おとなしく、縛に付け」

「ばれていたのか」峰吉が叫んだ。「どうしてだ？」

「裏切ったのがいたんだよ」言い放ったのは伝次郎だった。「てめえは見限られたんじゃねえのか」

「くそっ。殺っちまえ」

塀を乗り越えようとしている賊に、新治郎と卯之助が飛び掛かって行った。

背後で大立ち回りが始まったのも気にせず、八十郎が家士の前に進み出て、八丁堀の一ノ瀬だと名乗った。

「済まぬが、通してくださらぬか」

「よろしいのですか」先頭の家士が、乱闘を見ながら八十郎に訊いた。

「よろしくはないので、賊が逃げぬようお願いいたします」

「お手前方は？」

「これから一対一の立ち合いです。危ないので近寄らぬように」

「はあ……」

今一つ呑み込めない。生返事をしているうちに、賊と八丁堀との間の立ち回りが更に激しくなった。

老婆と思われる者が左右の賊を投げ飛ばしているかと思えば、女としか見えない若衆が、舞うようにして胴と小手を次々に決めている。その間に、先程屋敷に現れた染葉忠右衛門と名乗った同心と、同じ年頃の同心が、よろめいている賊に十手を容赦なく打ち付けている。まずは、己らの出番はなさそうだった。安堵と物足りなさを半々に覚えていると、賊の一人が逃げ出して来た。刀を振り回し、どけっ、と叫んでいる。

「掛かれ」

先頭の家士が刀を縦に振った。それに合わせて、左右にいた四人の家士が、それぞれの刀を縦に振り始めた。都合五本の刀が目茶苦茶(めちゃくちゃ)に上から下へ、また上から下へと振られたのだ。賊は堪らず後退し、他の逃げ道を探ろうとしていたが、擦り寄って来た老婆に襟首を摑まれ、宙に放り投げられてしまった。

「すごい」

思わず家士らが声を上げた。聞き付けた老婆が科を作り、ほほほっ、と笑った。

その頃——。

亀久橋の袂で八十郎と枝村が向き合っていた。

ちら、と落ちて来た雪が、八十郎と枝村の肩に留まった。

「今更だが、止める訳にはゆかんのか」八十郎が言った。

「事ここに至っては、致し方あるまい。俺の刀は血で汚れてしまったのだ。死をもって償うしかないのだ」

「斬られようとしているのか」

「まさか。一ノ瀬には勝つ。これは、俺が求めていたものだからな。そうすれば、真夏が挑んで来よう。真夏には斬られるつもりだ。それで俺は満足だ」

「俺に勝てると思っているとは、低く見られたものだな」

「違っているか」

二人が足指をにじった。じりと互いが右に回り始めた。

「一ノ瀬さん」

御用提灯を翳して走って来る者らがいた。足音からして二十人は下らないだろう。

沢松甚兵衛と内与力の小牧壮一郎らであった。稲荷橋の角次の手下・仙太の後ろには捕方が続いている。

「ご助勢いたします」小牧が言った。「取り囲め」

「いらぬ」八十郎が怒鳴った。「これは八丁堀と盗賊の立ち合いではない。剣客一ノ瀬八十郎と枝村修蔵の、生涯ただ一度の真剣による勝負なのだ。構えて、手出しは無用。見ておれ」

よいか。小牧に言った。

「参る」枝村に言った。

互いが鯉口を切った。足指がうっすらと雪に覆われた土を嚙んだ。

刀身が鞘から走り出た。刃が嚙み合い、火花を散らした。足許で嚙み合い、小手先で嚙み合い、一瞬離れた後、飛び込み合い、また火花が散った。枝村が胴を払った。寸でかわした八十郎の剣が、枝村の額に飛んだ。薄皮一枚、切っ先が掠めた。つっ、と血が枝村の額から滴り落ちた。

双方が間合のうちに飛び込んだ。八十郎が両の腕を窮屈そうに畳みながら、太刀を縦に振り下ろした。枝村の刀が横に払った。太刀が八十郎の手から離れ、飛んだ。ふっと詰めていた息を吐き、刀を振り翳した枝村の腹から胸を、八十郎の脇差しが逆袈裟に斬り上げた。

「見事だ……」枝村が呟いた。

「脇差の方が、小回りが利くからな」

「俺は、剣を捨てられなかった……」

枝村が横に崩れて倒れた。

「父上」

真夏は八十郎に声を掛けてから枝村の脇に膝を突いた。

「叔父様……」

枝村の髪に、肩に、雪が落ちている。真夏の手に羽織が渡された。小牧であった。真夏は小牧に頭を下げ、羽織を枝村の半身に掛けた。


八十郎と真夏と小牧を残し、沢松甚兵衛は太郎兵衛の屋敷に回った。

井上家の家士らが、都合三人の盗賊を捕らえたと手柄を褒め称え合っている間を通り、座敷に上がった。

「畜生っ」と縄を打たれた峰吉が、吠えていた。

「どうして、てめえどもが襲うと分かったか、教えてやろうか」と伝次郎が、大胡座(おおあぐら)を掻いて峰吉に言っている。

「誰が裏切ったんだ。教えろ」

「一人しかいねえだろう? あの仁助を殺そうとしてしくじった奴だよ」

「いいや。裏切るはずはねえ。第一、今夜のことは知らねえはずだ」

「そんな細かいことは知らねえが、てめえたちが襲うと知らせて来たのは奴だぜ。だから、仁助を襲ったことは見逃してくれ、と言ってな。てめえの子分の誰かから、金で聞き出したんじゃねえか」

　峰吉が身体をよじるようにして喚き声を上げた。

「なあ、峰吉よ。一つ教えちゃくれねえか」伝次郎が言った。

「何でえ」

「仁助を殺し損ねたとか、局長屋で阿漕なことをしていたぐらいじゃ、専次郎を引っ括っても、言い逃れられたらそれまでだ。獄門には送れねえ。てめえらは、立派に獄門だがな……」

「だから、何だ？」

「悔しかねえか。てめえらは獄門で、首を三日も晒されるのに、あいつはいつかまた娑婆(しゃば)に戻って酒だ、女だと浮かれるんだぜ」

「……何が言いてえんだ？」

「あいつを獄門に送れるような、これっていう話を聞かせてくれ、と言っているんだよ」

「そんなこと、出来るか」

「なら仕方ねえ。てめえらだけ、晒されるんだな」

「そいつぁ……」

峰吉が、庭を見下ろした。縛られ転がされている手下が見ている。

「皆、獄門なんだぜ。あいつを残して」

「……分かった」

「何だ?」

「蔵があるだろ?」

「知らねえ」

「あるんだよ、《扇屋》の裏に。その床下には、少なくとも十人の死体が埋まっているんだ。女郎もいれば、男衆もいる。逆らった者は皆、殺して埋めたんだ。先代と油堀はその昔杯を交わした仲だったから、ぺらっと喋(しゃべ)っちまったことがあるのよ」

「よく言った」

峰吉の肩を叩くと、立ち上がり、新治郎と沢松に言った。

「こっちはいい。油堀に回って、専次郎を引っ括ってくれ」

「井上様の御家来衆も使いましょう。頭数で脅(おど)せます。私が伝えて来ます」

染葉が、お主は悪い奴だ、と耳許で囁いてから庭に飛び降りて行った。

悪に嘘を言って吐かせたんだ。悪と言われて堪るか。知恵のある方が勝つのよ。

　この後——。

　お縄になった専次郎の手下の中に、矢鱈縞らに仁助殺しを頼んだ男がおり、あいつでございます、と吟味方に話すことになるのだが、それはまだ先のことになる。

「旦那ぁ」

　仁助が涙に濡れた顔で伝次郎を見ている。斑蜘蛛の二代目は既に峰吉らにより殺されていたと知り、泣いていたのである。

「どうした？　何か言いたいことでもあるのか」

「あっしは、どうなるんでしょう？」

　そんなこと、知るか。おとなしくしていろ。

「この身はどうなってもいいんです。ただ、先代と二代目の墓に線香の一本も立ててやりたくて……」

　先代は知らないが、二代目に墓があるとは思えなかった。だが、そうは言えない。

「望み通り、仇を討ったんだ。それでよしとしろ」

「へい……」先代、二代目、と仁助が譫言（うわごと）のように呟いている。

庭から大きなくしゃみが聞こえて来た。太郎兵衛だった。

「大急ぎで何とかしなくちゃ、ここにゃあ、住めないねぇ」

雨戸は壊され、障子も襖も骨毎（ごと）抜けていた。太郎兵衛がまたくしゃみをし、ううっ、と唸って言った。

「これじゃ、鼻水垂兵衛になっちまうよぉ」

第五話 《播磨屋》一件

一

十二月十八日。

二ツ森正次郎は袴を穿き、羽織の袖に手を通した。伊都がくるりと前に回り込み、全身を眺め、よいでしょう、と言って頷いた。

この日、正次郎は非番であった。そこで昨夜、遅れていた見舞いに行こうと思い立ったのである。見舞う相手は、同時期に出仕し、同じ本勤並として実務を学んでいる梶山倫太郎であった。倫太郎が先月の下旬に足の骨を折ったため、急遽完治するまでの間、正次郎が代わりに小伝馬町の牢屋敷を見回る役目に就くことになったのである。簡単に言うと、牢屋見廻り同心のお供である。

牢屋見廻りは、牢屋敷を管理する牢屋同心の仕事振りの監督と、牢屋敷と町奉行所で取り交わす書類の作成が役目であった。監督するとなると煙(けむ)たがられるのが世の常である。牢屋同心は牢屋奉行、すなわち囚獄(しゅうごく)・石出帯刀(いしでたてわき)に属し、牢屋見廻り同心は町奉行に属する。所属の違う者が同じ牢屋敷内で、監督する側と監督される側に分かれると、どうなるか。口出しは無用に願いたい、という一言が口を衝いて出ることになるのであるが、その点正次郎は立ち回り方が上手かった。ささくれ立ちそうな心を逆撫(さかな)でしないように話を運ぶのに巧(たく)みであったのだ。

「梶山の代わりは、二ツ森の倅にしていただきたい」という牢屋見廻り与力・三(み)益三左衛門(ますさんざえもん)の一言で、正次郎は例繰方での『御仕置裁許帳』の補修という根気の要る退屈な作業から解放されたのである。あの爺様の孫にしては人が練れている、という与力の声は、爺様にも孫にも届いていなかった。

　梶山家の組屋敷は、二ツ森家から北に向かって目と鼻の先の神保(じんぼう)小路にあった。それ程近間であろうと、親しい友垣(ともがき)ではない場合は、ふらっと訪ねる訳にはゆかない。先触れの者を送り、訪ねたいが、と申し出、刻限を約さねばならないのが武家の決まりであった。半六に使いを頼み、告げられた刻限が昼四ツ（午前十時）であった。

　正次郎は刻限通りに、神保小路の組屋敷の門を潜り、梶山家の木戸を入った。

　玄関に立ち、訪ないを告げると御新造と若い娘が出て来た。倫太郎の母御と妹御であるらしい。正次郎が名乗ると、上がるようにと言った。伊都から持たされていた菓子折を渡し、次いで腰の刀を預けた。母御は菓子を妹御に渡し、刀を袖で包むようにして受け、身を引いた。

　廊下を行く。屋敷の造りは組屋敷であるから、二ツ森家とほぼ同じだったが、祖父母が既に他界しているためか、隠居部屋に代わって嫡男のために建て増しがしてあった。

　倫太郎は、その座敷に足を投げ出して座っていた。足首には、添え木が当てられ、布できつく固定されている。

　倫太郎とは、初出仕仲間として何度も顔を合わせていたが、配属が重なったことがなかったため、親しく話をしたことがなかった。見舞いの口上を述べ、骨折の具合を聞いている間に、母御が預けた刀を背後に置いて去り、間もなくして妹御とともに茶と菓子を持って引き返して来た。妹御が指を揃え、宮と申します、と名乗った。匂い袋を忍ばせているのだろう。乙女らしい可憐な香りがした。

　菓子は伊都に持たされた《三春屋》の《花えくぼ》と同様、上等なものであった。嫡男の同期の者が初めて訪ねて来たのである。これから隠居するまでの、気の遠くなるような時を、ともに奉行所で過ごすことになる二ツ森家の嫡男が来たのだ。上等な菓子が出るはずだった。伊都にしても同じ思いであったのだろう。母御と妹御が下がると、済まなかったな、と倫太郎が言った。見舞いに来たことを言ったのかと思ったが、それだけではなかった。

「俺の代わりに、あんな辛気くさいお役目に就けさせてしまい、申し訳なく思っている」

そんなことはない。牢屋見廻りは面白いぞ。少なくも例繰方よりはいい、と言おうとしたが、本当に済まなそうにしているので止めた。

「俺は、あのお役目だけは嫌いだ。獄舎はくさいし、囚人を見ていると反吐が出そうになる。足の骨が折れたのには参ったが、喜んでもいるのだ」

仕方なく正次郎は、ははっ、と笑って、茶を飲んだ。

「牢屋は何回目になる？」

「二回目だ」

「二回目になると、泊まりがあるぞ。知っていたか」

まだ言われていなかった。平当番の同心と詰所で仮眠を取り、翌日の勤めを終えるまで牢屋敷から出られないのだ、と倫太郎が眉根を寄せた。

「囚人は溢れる程いるのに、この世とは思えぬ程、静かなんだ。見たことはないが、黄泉(よみ)の国と言うのか、地の底にいるような気がして眠れなかった……」

だが、囚人どもは寝ているんだ。薄汚い塊のようになってな。牢屋を見ただろ？　窓はないんだぜ、と倫太郎が言った。だから、ひどくにおう。獣だって、もっと増しなにおいだろうよ。

牢屋は、東西を厚い板で塞ぎ、南北の一方を外鞘(そとざや)と言われる外の格子と、内鞘と言われる内の格子で閉ざした風通しの悪いところであった。ために、牢に籠もった汗と脂(あぶら)に塗れた体臭と後架のにおいが綯(な)い交ぜになり、ひどいにおいだった。

頷いている正次郎に、何か変わったことはあったか、と倫太郎が訊いた。

「二日前、夜中に囚人が死んだ」

「誰だ？　名は？」

「左兵衛(さへえ)とか言う爺さんだ。窩主買で取り調べを受けていたらしいが、泥棒だって話だ」

窩主買とは、盗品と知りながら売買することで、故買のことである。

「殺されたのか」倫太郎が訊いた。

「心の臓の発作だと聞いているが、いや待て、殺されたって、そんなことが出来るのか。牢の中だ。他の者もいるのだぞ」

「出来ないことはない。ひっそりと殺しが行われたことは、実際に何度かあったらしい。勿論気付く者もいただろうが、皆黙りを決め込んでしまうそうだ。関わり合いになるのを恐れてだろうな。牢内が混んでいるからと、皆で殺し、口裏を合わせたことなんか、しょっちゅうあったと聞いているぞ」

「このところは、混んではいなかったが……」

「嫌だな。気が滅入る。済まんな。嫌な気分にさせてしまったか」

倫太郎が投げ出した足の上に屈み込むようにして、頭を下げた。

「いや、待ってくれ」と正次郎は倫太郎に言った。「本当のことを言うと、俺はそれ程嫌だとは感じていないのだ」

「はあ……」

倫太郎が頓狂な声を出した。

「御牢内は確かにくさい。だが、あそこはお江戸の縮図のようではないか。と思って見ると、なかなか面白い、とは違うな、興味深いというのかな、そんな感じがしている」

「変な奴だな、二ツ森は」

「時折言われる」

「だろうな」

倫太郎が、大きな声で笑った。正次郎も、ものは序で、と笑ってやった。客なのだ。合わせてやろうではないか。倫太郎が、突然真顔になった。

「万一にも殺されたとなると、ここ四、五日のうちに出る者が怪しいぞ」

「そうなのか」

「沙汰が下りそうになった時に殺して、素早く逃げるという話を聞いたことがある。実際に何度かあったそうだ」

「なかなかに恐いな」

「そうだ。なかなかに恐いのだ。慣れると縮図などとは言っておれなくなるぞ」

「うむ」

唸っているところに、廊下を歩み寄って来る衣擦れの音がした。一人ではなく、二人だった。障子が開き、母娘がにこやかに微笑んだ。茶のお代わりと新しい菓子を持って来たのだ。

「甘いものはお嫌いですか」母御が訊いた。

「いいえ。好物です」

「では、お召し上がりください。何やら笑い声が聞こえたので、私たちもこちらでいただくことにしたのですが、よろしいでしょうか」

「はあ……」

正次郎の返事を聞き、倫太郎が、ほらっ、邪魔だと言っているのだ、母上も宮も、今はお勤めの話をしていたのだぞ、と言って菓子に手を伸ばした。

「そうなのですか」母御が訊いた。

「そうなのですが、終わりました。皆でいただきましょう。私の家は、役目柄、御用聞きとかと大勢で食べることが多いので、賑やかな方が好きなのです」

では、遠慮なく。正次郎も楊枝は使わず、菓子を手に取った。求肥(ぎゅうひ)の中に白餡を忍ばせてある菓子であった。

「これは美味い。何という菓子ですか」

「確か《初雪(はつゆき)》とか」宮が言った。

「成程。《初雪》と言われれば、もう《初雪》としか考えられない。これは、どう見ても《初雪》ですね」

母と娘が同時に口許に手を当てた。

「そうだ。二ツ森、宮がな、お前に訊きたいことがあるそうだ。そうだったな？」

まっ、と言って宮が両の袖で顔を隠してしまった。

「倫太郎も、急に何です。正次郎様に訊きたいと言っていたのは、あれです。前に、夜、賊に襲われたことがあったとか。見事に追い払われたと聞きましたが」

五か月前に起こった、小姓組番の旗本衆に襲われた一件だった。

「主も感じ入っておりました。流石、二ツ森家の血筋だ。大したものだ、と」

倫太郎の父・文之進（ぶんのしん）は、高積（たかづみ）見廻りの同心であった。高積見廻りは、荷の積み下ろしに違反や乱暴な振る舞いがないか、荷を規定より高く積み上げていないかを見回り、取り締まることを役目としていた。

「剣がお強いのですね」宮が言った。

「そうだといいのですが、腕はなまくらです。祖父も私もなまくらなのですが、どういう訳か、危機を脱するを得手（えて）とするところがありまして、何度か襲われているのですが、二人とも怪我もせず生き延びております」

「まあ……」宮がまた口許を袂で隠した。

可愛い、と思ったが、初めて上がった同期の者の家で、その妹に甘い言葉を掛けたのでは、謹厳、剛直で鳴らした二ツ森の家名を汚すことになる。必要以上に顔を引き締め、ゆっくりと口を開いた。

「相手の方が腕が上なら、道場では敵わないでしょうが、外ですと、落ち着いてさえいれば、樹木はありますし、石ころは落ちていますし、何とかなるものです」

転がって足首を斬ったとは言わなかったが、言わないだけで、嘘は吐いていない。

「まあ、そんなこんなで、どうにか」

「奥床しくていらっしゃいますこと」母娘が同じ角度で頷き合っている。

新しく来た菓子も頂戴した。餡を薄い麩のようなもので包み、焼き色が淡く付く程に焼き上げた菓子で、銘を《隠れ里》と言った。捻ったのだろうが、捻り過ぎは、却って興醒めだが、味は極上に美味かった。

しかし、長居しては、礼を失する。引き返すことにした。

「また遊びにいらしてくださいね」

「ありがとうございました。兄の笑い声を久し振りに聞けました。正次郎様、御礼を申し上げます」

母と娘に見送られ、梶山の組屋敷を後にした。

俺は、あのお役目だけは嫌いだ。くさい。気が滅入る、と言っていた倫太郎の言葉を思い返していたが、角を曲がったら、宮の顔が目に浮かんだ。

「正次郎様、御礼を……」

歩きながら口真似をしていると、何だ、と背後から声がした。

驚いて振り返ると伝次郎と鍋寅に隼と半六がいた。

隼と半六は両の手に何やら包みを持っている。大根と菜が見えた。

「今、妙な声を出していなかったか?」伝次郎が訊いた。

「いいえ、別に……」それより、と隼と半六が手にしているものは何かと訊いた。

「明日から定廻りの助けなので、偶(たまさか)には組屋敷で鍋を囲もう、となったのだ。食いたいか」

「ご相伴に預かりますです」

十二月十九日。

正次郎は空腹と格闘していた。奉行所ならば、永尋の詰所か台所に顔を出せば、何とか食べる物にありつけたが、牢屋敷ではそうはゆかない。早いところ、こちらの賄い衆に渡りを付けねばな。腕組みをしている正次郎に、牢屋廻り同心の坪居啓介(つぼいけいすけ)がどうしたのか、と訊いた。

「いつものことですが、あまりに静かなので、何だか落ち着かないのです」

「奉行所は、毎度騒々しいからな。こっちも直ぐに賑やかになる。待っていろ」

町奉行所の当番方同心が、町奉行から囚獄に宛てた入牢証文を持ち、大番屋から罪を犯したと目される入牢者を伴い、牢屋敷にやって来るのは夕刻だった。この日送られて来るのは、盗みを働いたという嫌疑の者が一名だけのはずである。直ぐにでもなかろうが、と正次郎は文机の書類を見詰めた。それまでは坪居を手伝い、明日取り調べのために町奉行所に出頭させる囚人の出牢証文を作成する作業をしていなければならなかった。

「忘れたか」と坪居が言った。「今日は敲(たた)きがあるのだぞ」

ああっ、と正次郎は思わず膝を叩いた。

酒の上とは言え、喧嘩で入牢していた浩吉(こうきち)なる者に、軽(かる)敲きの沙汰が下った。その刑が執行されるのは今日のことだった。

「見ても面白いものではないがな」

「そうなのですか」

「ないのか、見たことが？」

一度もなかった。何故か巡り合わせが悪く、使いに出ていたり、書類作りに追われていたのだ。それに、立ち会うのは、囚獄・石出帯刀、牢屋見廻り与力、検使与力、徒目付、小人目付に鍵役同心など牢屋同心らであり、牢屋見廻りの同心や本勤並の者には、立ち会う場所すら設けられていなかったのである。

「後で三益様がお見えになったら伺ってみよう。見ておくのも悪いことではない」

この柔軟なところが坪居だった。これが融通の利かない相方の皆川弥平太だと、気を散らすでない、の一言で文机の前から動こうとしないのだ。

四半刻程後から、立ち会いのために与力や目付が集まり始めて来た。三益三左衛門も供の者と来、牢屋敷の敷地内にある囚獄の屋敷に行く前に詰所に立ち寄った。詰めている坪居と正次郎の労をいたわるためであった。

そこで坪居が、隅から見させてもよろしいでしょうか、と伺いを立て、許しを得たことで、正次郎は敲きの現場を見られることになった。

更に四半刻が経った頃から牢屋同心と下男らの動きが活発になり、間もなくして囚獄屋敷から検使の与力らが表門の方へと出て来た。

「行こうか」

開かれた表門の内側に、囚獄と三益らがずらりと一列に並んでいた。罪人の名と罪状と刑罰が読み上げられている。正次郎らは足音を忍ばせ、表門脇の潜り門の内側に立った。

石畳に敷かれた蓆の上に、下帯一つになった罪人が腹這いになった。広げた四肢を下男らに押さえられている。

打役同心と数役同心が、立ち会いのお歴々に頭を下げ、刑の執行に移った。

「一つ」

数役同心が笞の数を数えた。罪人の頭側に立った打役同心が、笞を振り下ろした。ぴしりという音が響いた。打たれた部位が、背から腰に掛けて赤く浮き立ち始めた。

重敲きは百回、軽敲きは五十回と数が決められており、百回の時は五十回で休憩を挟むことになっていた。四十九回目が過ぎ、五十回目の笞が振り下ろされた。

下男は罪人の赤く腫れ上がった背に白膏を塗り終えると立たせ、着物を羽織らせた。男が前を合わせ、帯を締めている。

男の顔を見た。ひどく醒めた顔をしていた。

「小網町一丁目《茂助店》差配、茂助」

引取人が呼ばれた。素鼠色の羽織を着た大家が、石畳に手を突いた。引取人に、二度と御上の手を煩わせぬよう、よくよく気を付けているようにと申し渡し、敲きの刑は終わった。

下男らが、莚や桶を片付け始めている。囚獄や与力らは、終わるや否や、囚獄屋敷に引き上げてしまった。

「戻るぞ」

坪居に促された。詰所へと向かいながら、正次郎は倫太郎の言ったことを思い出していた。

――万一にも殺されたとなると、ここ四、五日のうちに出る者が怪しいぞ。

左兵衛が死んで三日。今、目の前で男が一人刑を終え、解き放たれた。男の目が瞼に浮かんだ。人一人くらい訳なく殺しそうな、冷たい目であった。

「直ぐに戻ります」

言い置いて、表門を飛び出し、男と大家が去った方を見遣ったが、大家の後ろ姿があるだけで、男の姿はどこにも見えなかった。

「どうしたんだ?」

詰所で茶を啜っていた坪居に訊かれた。

「倒れていないかと思い……」出任せを言った。

「そんな玉ではなさそうだったぞ」やはり、男の様子を見ていたのだ。それにな、と言って坪居は廊下を見、声を潜めた。「今日の笞は手加減していた」

「そうなのですか」まったく分からなかった。

「笞はな、竹を苧麻で包んだ上から紙縒を巻き付けたものでな、作りようによって、重く痛いものから、音はしても痛くないものまで様々あるのだ。何ゆえ幾つもあるのか、分かるか。袖の下だ。もらえば、手心を加えるという訳だ」

「鍵役の方とか数役の方に分からないのですか」

「勿論分かっているが、目を瞑るのだ。その金で茶葉や菓子などを買うのだからな」

正次郎の湯飲みを目で指し、それも、そうだ、と坪居が言った。

「だが、間違えるな。何でも彼でも受け取り、手加減する訳ではないぞ。敲きなどは微罪だからだ。あくどい悪からの誘いは受け付けぬ」

「それを聞いて安堵いたしました」

「二ツ森の家は硬い家なのだろうな」

「そうですね。特に父は硬く、比べて私はひどく軟らかいと言われています」

声に出して笑っている坪居に、浩吉について尋ねた。

「俺の知っていることは少しだぞ。其の方の父上に訊くか、お調書を見た方が正確だと思うが、ここに送られて来た時に聞いた話だとな、腕のいい筆師らしい。その浩吉が煮売り酒屋で酒を飲んでいて二人組と喧嘩になったそうだ。二対一だが、奴は二人の腕と足の骨を折ったとかで、やり過ぎだとお縄になったはずだ」

正次郎は、坪居の物覚えのよさに感嘆したかに見せ、序でに、と牢内で死んだ左兵衛についても尋ねた。

「確か、蠟燭町（ろうそくちょう）の《だぼ櫨（はぜ）長屋》だったな。なぜ、だぼ櫨か分かるか。蠟燭職人の町だから、あちこちに蠟燭の元となる櫨（はぜ）の実がたくさん寝かせてあるだろ。その櫨と櫨を掛けたという訳だ。で、左兵衛だが、身寄りはなく、長屋の大家が遺体を引き取ったって話だ。若い頃から盗みばかりしていたらしいから、仕方ないがな」

ここにいるのは、そんなのばかりだ。坪居は吐き捨てるように言うと、そうだ、と顔を振り上げた。

「遺体を引き取りに来た大家が言っていたのだが、左兵衛が大番屋に送られると直ぐ、借店が荒らされたそうだ。いないからとは言え、ひどいことをするものだ、と嘆いておったわ。泥棒には、情けと言うか、同業の誼(よしみ)ってものはないのだな」

はあ、と答えながら、聞いたことを頭の中で結び付けていると、

「余計なことは考えるな」と坪居が言った。「俺たちは、牢屋見廻りなんだ。其の方はまだ、本勤並に過ぎぬのだ。目の前の役目だけに専念しろ」

分かったな、と念を押すと、書類を広げた。

「片付けてしまおう」

筆に墨を含ませていると廊下の奥から話し声が聞こえて来た。どうやら与力衆や目付衆が帰るらしい。坪居と正次郎は居住まいを正し、畳に手を突いた。

二

十二月二十一日。

正次郎は、一石橋（いっこくばし）を過ぎ、竜閑橋（りゅうかんばし）へと向かって歩いていた。用という程の用があってのことではない。竜閑橋北詰の茶屋の娘の評判を聞き、見にゆくだけである。

――この世に、あれ程美しい女子（おなご）がいようとは、驚きでした。

と言ったのは、世話役同心の寺田又四郎（てらだまたしろう）だった。鍵役同心と小頭同心は牢屋敷内に長屋があるが、他の世話役らは外にある組屋敷から出仕していた。その途次に見掛けたらしい。

――とにかく一度は拝んでおくとよいでしょうな。直ぐに金持ちに取られてしまいますからね。

別に拝みたくはなかったが、牢屋同心との垣を取り除く好機と捉（とら）えれば、行くだけの価値は見出せるというものだった。そう自らに言い聞かせて来たのだが、そのようなことで垣を取り除けるものではないことは承知していた。一歩でも牢屋同心の役目に踏み込もうとすると、頑なに拒まれるのである。倫太郎が、気が滅入ると言った一因もそこにあった。

だが、気なんてものを滅入らせていても、何の役にも立ちはしない。相手の懐に入ってしまえば、それでいいのだ。後は何とかなる。ならなければ、それまでってだけだ。

竜閑橋が近付いて来た。よしっ、と口に出し、足を大きく踏み出した時、神田堀の方から商家の主風体の男がすっと現れた。冷たい目を前方下方に向けたまま、竜閑橋の方へと歩んでいる。その横顔に見覚えがあった。

軽敲きを受けた浩吉だった。

だが、身形が違っていた。裏店に住んでいる者の身形ではなかった。どこぞの商家を切り回している主にしか見えなかった。

どうなっているんだ？

浩吉が、竜閑橋を渡り始めた。

こいつぁ、尾けるしかあるめえ。

手に唾したいところをぐっと堪えて、心を落ち着かせ、歩みを重ねた。竜閑橋を越えた。右斜め前方に茶屋が見えた。阿保面をした客が、縁台に座り、茶を啜っている。奥で人影がちょろちょろ動いている。赤い前垂の女がいた。

おっ、おっ、と思ったが、心を閉ざすことにした。顔を引き締め、男の背を追った。いや、追おうとした時、茶屋から駆け出して来る者がいた。着物を尻っ端折り、紺の股引を穿いている。隼であった。

「正次郎様、お姿が見えたもので」

「皆さん、こちらに？」

「はい。休んでおります。で、旦那が、『呼んで来い』と仰せになったのです」

茶屋の前に鍋寅が出て来ている。

「済みませんが、今怪しい者を尾けています。見失うので、これで」

正次郎は、隼に言い置き、小走りになった。隼が慌てて茶屋に戻って行く足音を背で聞いた。

腑抜けた顔をして茶屋に入ったら何と言われたか。危ない、危ない。この世は、まことに危なく出来ている。気を付けねば。前を見渡すと、土物店をゆったりと歩いて行く男の後ろ姿が見えた。

やがて半六が来、隼が来、男が永富町の料理茶屋《関もと》に入ったところで、伝次郎と鍋寅が追い付いた。

「一体、何があったんだ？」伝次郎が言った。

「それが、よく分からないのですが……」

「何だぁ？」

「初めから話します」

尾けていた男は、小網町一丁目の裏店に住む筆師の浩吉という者です。浩吉は煮売り酒屋で喧嘩し、お縄になり、二日前に軽敲きの刑を受け、牢を出ました。その浩吉が、今日はどこぞの商家の主のように、りゅうとした身形で歩いていたのです。

「変じゃないですか」

皆の顔を見回した。もう一つ反応が鈍い。実は、と言って正次郎は続けた。

「浩吉が牢を出たのは二日前。その三日前に、牢で男が死んでいます。左兵衛、泥棒です」

「その浩吉とかいうのが殺した、とでも言いたいのか」

「分かりませんが、どうも嫌な気がして」

「よしっ、面を拝んでやろうか」

皆で小路の曲がり角に身を潜めた。そこからは、料理茶屋の檜皮葺き門が見渡せた。

「先達はどちらに？」正次郎が訊いた。

「俺か……」面倒だが、俺も話すことで整理が付くから話してやるか。伝次郎は、咳払いをしてから話し始めた。

先月の二十三日。八辻ヶ原の南、雉子町の借家の門前で、その家の下女の竹が、男の二人組に襲われて殺された。通り掛かった者が騒ぎに気付き、大声を上げたお蔭で、止めは刺されなかったが、竹は何も言い残さずに事切れた。竹は、夕刻までに帰るように、と主の悦に言われて、伯父の善三郎の家に一晩泊まりで遊びに行っていた。悦ってのは囲い者で、旦那が泊まりに来たらしいな。これは、竹の伯父と伯母から聞いた話だ。開け放たれた玄関の様子などからすると、恐らく帰ったところで賊と出会し、逃げたが、直ぐに追い付かれ、刺されたのだろう。

定廻りと自身番の連中が駆け付け、悦から話を聞こうとしたのだが、悦の姿もどこにもない。これはおかしいってんで、手分けして探すと、裏庭に土を掘り返した跡があった。調べると、案の定殺されて埋められていた。

そこで八方手を尽くして探したのだが、旦那が誰かは分からなかったそうだ。

借家も、悦の名で借りていやがった。

悦には妹が一人いた。浅草伝法院近くの水茶屋で働いている節というのがそれなのだが、姉については何も知らなかった。行き来もほとんどなかったらしい。だが、死んだとなると、姉の持ち物はすべてあたしのものだ、と言っているのだな。俺たちにも、目ん玉きらきらさせやがって繰り返して言っていた。隼親分なんか、けっ、けっ、と吠えまくっていたくらいだ。

隼が、頭に手を当て、一歩下がった。伝次郎が続けた。

話は前後するが、調書には、下女・竹を斡旋した橋本町の口入屋《伊勢屋》についても書かれていた。竹の請け人が伯父であり、伯母と柳原通りの豊島町一丁目の《市兵衛店》にいるともな。そこで訊きに行くと、やはり旦那は大店の御方としか分からなかった。

殺されるところを見た者だが、こいつは近くに住む大工でな。暗くて二人組としか、分からなかったと言っている。嘘はなさそうだった。

ここまで、お調書に書かれていることを見直して、さてどうするか、となり、振り出しに戻って、雉子町の借家をもう一度見て来た帰りに、茶屋で休んでいたって訳だ。

「この一件を調べていた定廻りの旦那が、捕り物でお怪我をなさいまして、急遽助けに呼ばれたのでございやす」鍋寅が補足した。

「なかなかに厄介そうですね」

「取り敢えず、八辻ヶ原の南辺りを鴨にしている盗賊を突き止めることから始めるつもりだ。何か見えてくるだろう」

伝次郎は眉を指先でこちょこちょと掻くと、ちいと手伝うか、と言った。

「お前一人じゃ心細いし、そっちの方が面白そうだからな」

「よろしいんで？」鍋寅が訊いた。

「他人が食い掛けた丼飯を、食えなくなったからと差し出されても、喜んで食えるか」

「へえ……まあ……」

「殺しがあった。駆け付けた。何も触るな。下がってろ。一声叫んで、ぬっ、と登場する。それが醍醐味ってもんだろうが」

「でも、永尋ってのは、いつでも食い掛けの丼飯ではねえんですか」

「よく言った」

「へえ……」

「その通りだ。食い掛けなんだ。だがな、食い掛けには食い掛けの、楽しい食い方ってものがあるんじゃねえか、とこの年にして尚前向きな俺は考える訳だ」

「あったんでやすね？」

「ねえ。そんなものは、金輪際、ねえ」

「…………」

「だが、そんなことは小さなことだ。不平は呑み込み、ただただ世のため、人のため尽力する。そこに喜びを見出すべく……」

旦那、と鍋寅が伝次郎を遮った。野郎どもじゃねえんですか。

「らしいな」と伝次郎が、檜皮葺き門から出て来た男どもから目を離さずに、正次郎に訊いた。「あの中にいるのか」

右端に浩吉がいた。教えていると、他の二人を見て、鍋寅が小声で言った。

「あれは、薬師（やくし）の親分と言われている滝造（たきぞう）と、手下の、確か権平（ごんぺい）と言う者でございます」

鍛冶町（かじちょう）一丁目にある薬師新道（しんみち）に住んでいる御用聞きであった。女房に煙草屋を営ませていた。

「御用聞きってのは、そんなに景気がいいのか」

「余っ程気前のいい旦那に付かないと、あんなところで飲み食いは出来やせんですね」

「嫌味か」

二手に分かれて後を尾けることにした。落ち合う先は、永尋の詰所である。

伝次郎と鍋寅と隼は浩吉を、正次郎と半六は滝造と手下の権平を尾けた。

浩吉は竜閑橋を渡ると、どこにも立ち寄らずに小網町一丁目の《茂助店》に戻って行った。

「筆でも作ろうってのか」

「見て来ましょう」

鍋寅が木戸を潜り、路地に入って行き、間もなく背を丸めて引き返して来た。

「ここは埒で、どうやら筆屋へ通っているようでやすね」

筆作りに使う毛には、イタチの毛など長崎由来のものを使うことがある。筆屋お抱えの筆師になった方が、そのような毛を手に入れる苦労をしなくて済むのである。

「仕方ねえな。これじゃ、何の役にも立たねえ」

伝次郎らは、料理茶屋《関もと》に戻ることにした。何を話していたか、仲居が聞いているかもしれない。

一方——。

滝造らは、今川橋(いまがわばし)の北詰に出ると、元乗物町(もとのりものちょう)の竹皮問屋《播磨屋(はりまや)》の暖簾を潜った。

どこにも立ち寄らず真っ直ぐ《播磨屋》に向かったことが、正次郎には釈然(しゃくぜん)としなかった。御用聞きが、大店に何の用があるのか。

見張っていたが、出て来る気配がない。見世先にいるのか、奥に上がったのか。探りを入れたかったが、下手(へた)に動いて気付かれるよりは、と外で待つことにした。暫くの時が経った。何をしているんでしょうね、と半六が言い掛けた時、町駕籠が店の前に着いた。手代風体の者が付いている。

駕籠の筵戸(むしろど)がはらりと上がり、年の頃は五十になろうかという女が駕籠から下りた。

「御内儀様のお帰りです」

小僧の声が聞こえて来た。銭を払い終えた手代が、暖簾の内に消えた。

「出て来そうですね」正次郎が呟いて間もなく、滝造と権平が抜け裏伝いに表に現れた。

御内儀が戻った。滝造らは台所に回り、裏から出た、と考えると、話の内容は御内儀には言えぬ後ろ暗いもののように思える。

「《播磨屋》について、自身番で訊きましょう」正次郎が半六に言った。

「正次郎様」

「何です？」

「正次郎様は、後々同心になられますよね」

「そのつもりですが」

「あっしは、どうなるか分かりませんが、御用を務めたいと思っております」

「はい……」

「ですから、何が言いたいのか、と言うと、正次郎様の言葉遣いです。その、何と言うか、ああせい、こうせい、と言ってもらった方が、こっちとしては動き易いんですが」

「ああ、済みませんでした」

「ですから、あの、そこを……」

「では、《播磨屋》を探ろうじゃねえか、とか、そう言えばいいのですね」

「そうです。そうすると、こちとら、合点でぇ、で済みますので」

「分かりました。そうします。では、行きましょう」

「へい……」

走り出そうとして、その前に、と半六が目の前のお店をしげしげと見詰めた。

《近江屋》という下り傘問屋だった。

「相済みませんでした。参りましょう」

元乗物町の自身番に向かった。

「こちらは、南町の定廻り、二ツ森新治郎様がご嫡男で正次郎様だ。今、この辺りを見回っていたんだが、下り傘問屋の、何だ……」

「《近江屋》さんでございましょうか」

「そうだ。いい傘を揃えていて、やはり京の傘は品が違うと感心して出て来たら、隣の竹皮問屋の御内儀を見掛けてな。凄い貫禄に驚いていたんだ。済まねえが、どのようなお店なのか、教えちゃくれねえか」

半六が巧みに持ち掛け、自身番に詰めていた大家らから《播磨屋》のことを聞き出すことが出来た。

《播磨屋》は、創業が貞享三年（一六八六）という百二十年四代続く老舗の竹皮問屋だった。元は亀井町にあったのだが、二代目・為右衛門の時に元乗物町に移ったという話だった。

家は初代、二代、三代と娘しか生まれず、二代、三代、四代ともに養子に継がせていた。当代の四代目になり、大望の男の子が生まれ、それが五代目・為右衛門を継ぐことになっているらしい。五代目になる倅は伸兵衛と言い、二十七になる。一度嫁をもらったが、二年前に病で亡くしている。おとなしいがしっかりもので、その上商売にも熱心で、竹の皮をもっと大きく出来ないか、と竹林の持ち主と新しい栽培の法を練っている、《播磨屋》自慢の倅であった。

「成程」

永尋の詰所に戻って来た正次郎らから、あらましを聞き終えた伝次郎は、ぼそっ、と半六の爪の垢でも煎じて飲んでおけ、と言うと、料理茶屋《関もと》で聞いたことを話した。

「あの顔触れで上がったのは、二回目になる。この前は、十二月の五日だそうだ。座敷で何を話していたかは、まったく分からないということだった」

「その日は、左兵衛が入牢した日です」

「何か引っ掛かるな」伝次郎が言った。

「引っ掛かります」

「よしっ、そっちはお勤めがあるんだ。後は俺たちに任せろ」

「任せますが、お手伝いは？」

「頭数が足りなくなった時は、声を掛ける」

「お願いいたします」

どうだ、飲んで帰るか、と伝次郎に誘われたが、伊都に夕刻までに帰ると言ってあるからと、詰所を辞した。

「旦那ぁ」と鍋寅が、正次郎の姿が消えたところで言った。「若旦那も、何だか、すっかり同心らしくなりやしたですね」

「俺の若い頃に比べると、月とすっぽんだが、まあ順調にそれらしくはなっているようだな」

「あっしはですね、若には妙な勘がおありでしょ、あれに感心しているんでやすよ。何と言うか、悪を嗅ぎ分ける鼻を持っていると言うか」

「爺ちゃん、それじゃ犬じゃないか」隼が言った。

「馬鹿野郎。爺ちゃんじゃねえ、親分って言え」

笑い声が響く中、伝次郎も、確かに正次郎は妙なことを嗅ぎ付けて来るな、と考えていた。

「旦那、明日は何からやりましょうか」

「左兵衛を洗ってみようじゃねえか」

「悦の方はよろしいんで？」

「よろしかねえが、取り敢えず、だ」

「承知いたしやした。では、取り敢えずの方で参りやしょう」

「となれば、例繰方から浩吉と左兵衛のお調書を借りて来るとするか」

「あっしが参りましょうか」

「いやいや、正次郎のお仲間の、瀬田一太郎。あのぼんやりが、どんな顔して詰めているか、序でに見てやろう」

三

十二月二十二日。

伝次郎らは、蠟燭町にいた。《だぼ鯊長屋》は、直ぐに分かった。

大家の嘉助（かすけ）に身分を明かし、左兵衛の借店への案内を乞うた。

「もう何もございませんが」

明店(あきだな)には、まだ次の店子が入っていなかった。

「構わねえ」

雨戸に次いで腰高障子を開けた。饐(す)えたような、黴(かび)のようなにおいがした。

土間から板の間に上がった。四畳半一間である。見回したが、壁に貼られた紙すら剝がされていた。

「畳があったのですが、葬式代の足しにと売り払いまして」

「持ち物があっただろう? 布団とか掻巻とかは、どうした? それも売ったのか」

「ここが物盗りに荒らされたって話は、ご存じでございましょうか」

「聞いている」

「それはひどい荒らされようで、それを見た親分が」

「親分ってのは誰だ?」

「薬師の滝造親分でございます」

「奴は鍛冶町だろうが、ばかに離れちゃいねえか」

「そうでございますが」

「てめえの縄張りでもないのが、のこのこ来たって訳か」

「荒らされたと気付いた朝のことでございます。届けなくては、と右往左往しているところに、丁度親分さんが後架を貸してくれ、といらしたのでございます」

「それで？」

「左兵衛さんのことを話して相談いたしましたら、何か訳ありのものがあるのかもしれないから、と見てくださいまして。多分仲間割れだろうから心配するな、ということでした。親分さんが仰しゃったように、それ以降は何も起こりませんでした。と思ったら、亡くなられて……」

「滝造が持ち物を改めている時、立ち会ったのか」

「いいえ。邪魔だから、と出されました」

「どれくらい調べていた？　四半刻か、半刻か」

「半刻は見ていました。じれったくなったので覚えております」

「で、死んだからと売ったのだな？」

「いけませんでしたでしょうか」嘉助が、心細げな声を出した。

「そんなことはねえ。身寄りのないのが死んだ。葬式を出してやるのに金が要った。持ち物を売るのは当然のことだ。この件で文句を言うのがいたら、俺に言って来い。大家さんの味方になるぜ」

「ありがとう存じます」嘉助が、二つに折って畳んだようにして礼を言った。

「何か滝造に訊かれなかったか」

「左兵衛さんが親しくしていた者の名を訊かれましたが、まったく知らないので、そのように」

ありがとよ。帰り掛けた嘉助を呼び止め、布袋様の彫り物を見たか、尋ねた。

左兵衛の借店から押収した物品目録に書かれていた品だった。

「はい。見ましたでございます」

左兵衛が捕らわれた時、町方の手により運び出されるのを見たのだそうだ。

「左兵衛を捕まえたのは、三河町の留三郎だったな？」

「左様でございます」

「留三郎ってのは、どんな御用聞きだ？」

「よく出来た親分さんでございます。店子から縄付きを出したのに、手前がこうして大家でいられるのは、親分さんのお口添えがあったお蔭でございます」

自身番で同心から叱りを受けただけで許された、とのことだった。

「左兵衛の借店が荒らされたことは知らせたのか」

「薬師の親分が言っておいてくださる、という話でございましたので、お任せしました」

「分かった。三河町に行ってみよう」

横町を曲がると団子の焼けるいいにおいがした。留三郎の女房が焼く、団子のにおいであった。

「ごめんよ。親分はいなさるかい？」

鍋寅が、伝次郎の名とてめえの名を出した。留三郎が奥から飛び出して来た。

「済まねえ。店先を騒がせちまったな」

団子を十本頼んで居間に上がり、早速だが、と左兵衛を捕らえた時のことを訊いた。

「先月の末頃から左兵衛の金遣いが荒くなりましたので、また何かやったに違いない、と見に行ったところ、見たこともない立派な布袋様がありまして、ぬか袋で腹を磨(みが)いているじゃござんせんか。裏店には相応しくない代物でございます。どうしたのかと訊くと、辻売りから買った。相手は辻売りだから、どこの誰か分からない、と言い張る。もしや、と思い、御奉行所で調べていただいたら、案の定盗品だってことでした。どうも余分なお宝を持っていたので、気を大きくして買っちまったらしいんでございます」

「その盗んだって奴は？」

「問い詰めると、左兵衛が白状しました。稲荷の黒松って盗っ人でした。今は逃げておりますが、何、半年もすれば、江戸恋しさに戻って来るはずです」

「左兵衛でなく黒松が盗んだのに間違いないのか」

「黒松は、彫り物が好きでしてね。左兵衛は重いし嵩張るからと、金子しか狙いません。間違いないと思います」

「左兵衛が心を許しているような盗っ人仲間はいねえか」

「左様でございますねえ……」

留三郎が思い付いたのは、春吉という小銭ばかりを狙う盗っ人だった。賽銭とか八百屋の売上をくすねるとか、土下座して、出来心です、ご勘弁を、で逃げられそうな盗みを繰り返している男らしい。

「春吉が盗っ人だって、皆知っているんじゃねえのか」

「仰しゃる通りでございます。分かっていて、許してもらえるのですから、これも人徳って奴かな、と」

「妙な人徳があったものだな」

話を聞かせてもらった礼として、女房に過分の団子代を渡し、春吉の塒のある多町に向かった。

春吉の借店は、路地を二度、三度と曲がった奥にあった。

「込み入っていやがるな。盗っ人の性で、分かりづらいところに住みたがるんじゃねえか」

悪口を散々言っている間に、裏店の木戸に着いた。

「連れて参りやす」

鍋寅と半六が、ひょいと木戸を潜った。鍋寅の後ろから付いて来たのは、六十過ぎのぽってりと太った男だった。痩せたこすっからそうな男を思い描いていた伝次郎には意外であった。

「ちいと《だぼ鯊長屋》の左兵衛のことで訊きたいことがあるんだが、酒でも飲みながら話しちゃくれねえか」

「旦那、わっちは下戸なんで、うどんじゃいけませんでしょうか」

「そりゃ構わねえよ」

「でしたら、こちらへ」

春吉が先に立ち、幾つか小路を曲がり、暖簾だか褌だか分からないような布切れがぶら下がっている店の腰高障子を開けた。うどん屋であるらしい。汁のにおいがしている。美味そうなにおいだった。

「味は太鼓判です。江戸で一番と言ってもいいくらいなもんです」

かけでいいですね。春吉が訊いた。

構わねえか。伝次郎が鍋寅らに訊いた。

「かけが美味いんです。種ものは駄目。種ものなら食わない方がいい」

かけを人数分くんねえな、と春吉が奥に声を掛けた。

「実はな……」と話し掛けた時には、うどんが来た。恐ろしく早い。

「わっちらが入って来た時には、うどんはもうお湯ん中泳いでいるって寸法なんですよ。ここはうどん屋。鰻を頼もう、なんてのは来ませんからね」

「成程」

頷いて、伝次郎がうどんを三本摘み上げた時には、春吉はかけを食べ終えていた。

「噛んだのか」

「旦那、うどんは煮えておりますよ。噛むなんざ、素人衆のすることで」

「済まねえな、藤四郎で。お代わりを頼んでもいいぜ」

　春吉が透かさず二杯目を頼んだ。また直ぐに来た。

「必ず三杯は食べますからね」

「年の割に食うな」

「それが、盗っ人の心得って奴で」

「おめえには負けた。好きにしてくれ」

　春吉が鼻息とともにうどんを啜り込んだ。伝次郎らが見守る中、三杯目を食べ終えた春吉が、それで、と言った。

「お訊きになりたいことって、何でしょう？」

「左兵衛のことだが」

「それは、先程聞きました」

「うるせえな。話すには手順ってものがあるだろうが。かけぇ三杯呑み込みやがった癖に、おとなしく待ってろ」

「へい。待ちますです」

　それでいい。伝次郎はかけの汁を飲み干すと、小声で訊いた。

「奴が死んだのは、知っているな？」

「殺されたんで?」

「先回りするな。だが、どうしてそう思う?」

「先月までは空っ穴だったのに、この月の初め頃になってから急に金回りがよくなったんでやすよ。あいつぁ小悪党ですからね、大きな盗みは出来ねえ。するってえと、強請りだ。あれは誰かを強請っていたね。それで持ち付けねえ金を持ったがために、馬鹿が、盗品なんぞを買っちまったんでしょうよ。人ってものは、分てものがあるんだ、人に合った暮らしをしねえといけませんや。ねえ、旦那」

「講釈はいらねえ。誰を強請っていたか、知らねえか」

「ん……、さいでやすね……」

「ただとは言わねえ」

「幾ら、くださるんでしょう?」

「そうじゃねえ。捕まったら、俺の名を出せ。南町の二ツ森伝次郎だ。覚えたな。何回かは助けてやれると思うぞ」

「旦那は話が分かる。死んだって忘れるもんじゃござんせん。死んだらあの世から出て来て、おすがりいたします」

「そんなことはしなくていいが、知っているのか、いねえのか」

「言うまいと思ってたんですが、この際だ。言っちまいやしょう。何でも、名前を聞いたら、誰でもあっと驚くような奴だって言ってやしたが、聞いたのはそこまでで」

「嘘じゃねえな。万一嘘を吐きやがったら、御奉行に願い出て、遠島にするぞ」

「脅かしっこはなしですよ。嘘なんか吐きませんや」

「信じようじゃねえか。うどんの味が染みた奴に悪い奴はいねえって言うからな」

　えへら、と笑った春吉に訊いた。

「左兵衛の奴、何かを隠し持っていたらしいが、心当たりは？」

「ござんせんです」

「まさか、預かっちゃいねえだろうな？」

「盗っ人の心得その二は、仲間と雖も信じるな、でございます。わっちらには心底の仲間なんておりません。お袋を騙すどころか、てめえにだって嘘を吐きますからね。そんなわっちらに、預けたの、預けられたのってえ関わりはねえんですよ」

「ひどく冷めているんだな」

「罪は一人で引っ背負わなければならねえんですからね。巻き込んだり、巻き込まれたりはなしにしねえとね」

「左兵衛が主に盗みをするところは、八辻ヶ原の南界隈なのか」

「そのようでございますね」

「わっちの辺りを荒らしているのは、他に誰がいる？」

「わっちの知る限り、凄腕と言える奴は、一人しかおりやせん」

おうっ、誰だ？　意気込んで訊いた。

「やだな、旦那。わっちで」

遠島にしてくれる。叫びたかったが、ぐっと堪えた。堪えたが、口がむずむずするので、言った。

「うどん、もう一杯食うか」

「そりゃ、何杯でも」

春吉は鮫腹ではないのか、伝次郎は本気で疑った。

多町を後にして、奉行所に戻ると、豊島町一丁目《市兵衛店》の善三郎なる者が御用聞きの控所で待っていると門番に言われ、覗くと殺された下女・竹の伯父であった。

「先月、竹が遊びに来ました時、相長屋の桃と柳原通りへ古着を見に行ったのでございます。その時の話ですが、丁度そこに歩いて来た男を見て、あっ、旦那様だ、と竹が言ったのを、桃が思い出しまして、それをお知らせに参りました次第でございます」

「桃は、その男を見ているんだな？」

「そのように言っておりますです」

「出来した。直ぐに行こう。男の人相を訊かねばならねえ」

「ところが……」

よく覚えていないらしい。

「見たら、分かるのか」

「多分、分かると思う、とは言っておりますが」

頼りないこと、夥しい。

「桃は、どこだ？」

「長屋で待たせておりますが」

出掛けるぞ。鍋寅らに怒鳴った。

桃に訊いたが、やはりはかばかしい返事は帰って来なかった。

朧気(おぼろげ)でもいいから、と背丈や年格好を言わせ、書き留めた。

「それらしいのがいたら、呼びに来るから、見てくれ。見れば思い出すってこともあるからな」

「はい……」

心許ない返事であった。桃の首根っこを押さえ、頭を氷水に突っ込み、目をぱっちりと覚ましてやりたかったが、そうはゆかない。頼んだぜ、と言って長屋を出た。鍋寅らが一歩離れて歩いて来る。不機嫌になっているのを悟(さと)られているらしい。

「ううっ」

唸ると、擦れ違った犬が尻尾を垂らして逃げて行った。

その頃――。

正次郎は坪居啓介から、明日牢屋敷に泊まるように、と言い渡されていた。

「三益様と相談したのだが、このお役目も二度目になったゆえ、泊まるのも悪くあるまい」

「実は」と正次郎が、乗り出すようにして言った。「その一言をお待ちしていたのです」

「大威張りで外に泊まれる。こんな楽しみは滅多にあるものではございません」

「実か」

「参った。これは参った」

坪居が額を叩いた。ぴしゃりと、いい音が詰所に響いた。

四

十二月二十三日。七ツ半（午後五時）。

世話役同心一人と下男一人が牢の巡回に出掛けたのを潮に、ではな、と一言言い残して坪居が牢屋敷を出た。奉行所に寄ってから組屋敷に戻るのである。

巡回に合わせ、牢内の囚人が一斉に声を上げて答えている。これを牢屋敷では、鬨の声と言っているらしい。地の底から響いて来るような声だった。

この巡回が終わると、泊まり込みの同心や下男らの夕餉となる。夕餉が終われば、本勤並にやることはなく、後は寝るだけとなる。正次郎は、味噌汁と漬物に、油揚げと豆腐と小松菜の煮物で飯を三杯食べた後、牢屋医師の吉田照庵を訪ねた。

照庵は、町医者の仕事を娘婿に譲った隠居で、本道（内科）の医師だった。牢屋に勤める本道の医師は二人で、交代で夜勤をすることになっていた。手当ては月に一両である。

「これは、これは、牢屋見廻りの方が見えるとは、と言うよりも本勤並の方が見えるとは、私がここに来てから初めてのことですよ」

と言って茶の用意を始めながら、何か、私に、と訊いた。

どこから聞こうかと思ったが、何から尋ねたらいいのか分からないので、正面から切り出すことにした。

「十六日の夜ですが、こちらにお泊まりでしたでしょうか」

「十六日と申しますと……」

「東の大牢で、左兵衛という者が死んだ夜です」

照庵は凝っと正次郎を見据えると、泊まりました、と答えた。

「それはよかった」

「………」

「心の臓の発作だと伺いましたが」

「その通りですが」

「殺された、ということは、ないのでしょうか」

「私の診立て違いだと？」

「いいえ」と正次郎は慌てて打ち消した。「心の臓の病に見せ掛けて殺す。そのようなことは出来るのか、と思ったもので」

「さあ、どうでしょうか。殺したことがないので、知りませんな」

怒らせたらしいことは分かったが、収拾の仕方が分からなかった。

「二ツ森殿。これは、御父上に訊くように、と言われたのですか」

己一人の存念だと言った。

「ならば、お教えいたしましょう。万一にも御牢内で殺しがあったとすると、どうなるのか。当夜、当番所に詰めていた平当番、世話役同心ですな、それと下男だけでは済まず、他の牢屋同心すべての方にまでお咎めが及ぶ大事になるかもしれぬのですよ。殺されたとか、軽々しく口にすべきことではないのです。ご理解いただけましたか」

「分かりました。知らぬこととは言え、出過ぎた物言いをいたしました」

「無知は罪です。その見本が、ここにはたくさんいます。しっかりと学ぶことですな」

「夜分に、申し訳ありませんでした」

「いやいや、不審に思われたのは無理もない。だが、そうだと思っても、口にせぬのが、上手い生き方というものですからな。心されるとよろしいでしょう」

正次郎は、もう一度頭を下げ、照庵の部屋を辞した。正次郎が立ち上がると、照庵は何ごともなかったように布団を敷き始めていた。

照庵の部屋から出るところを世話役の寺田又四郎が見ていた。目が合ったので、同心の詰所に寄ることにした。

「どうしました?」

「まだ早過ぎて眠れないもので、ご挨拶に行って参りました」

「それはよい心掛けですな」

菓子などいかがですか。寺田が言った。

「ありがとうございます。小腹が減っていますので、助かります」

「お櫃(ひつ)を空にしたのに、ですか」

そこまで伝わっているのだ。

「初めて泊まる本勤並の方でお櫃を空にしたのは、二ツ森さん、あなたが初めてでしょうよ」

「もしかして、度胸があるとか思われるといけないので申し上げますが、ただの大食いなのです。二ツ森の家は、私が食べる米で潰れる、と祖父が嘆いております」

ははは、と笑い寺田が菓子の入った鉢を押した。どうぞ。

いただきます。焼いた麩に餡を挟んだものと煎餅だった。餡ものを食べ、口が甘くなったところで煎餅を食べ、茶を飲んだ。

「あの、伺ってもよろしいですか」と寺田に言った。

「何ですかな?」

「軽敲きを受けた浩吉ですが、あんなに叩かれても、背中の皮は破れないものなのですか」

坪居から聞いた手加減のことは黙っていた。

「破れないように叩く。そのために打役は日頃から敲き方の修練を積んでいますからな」

「こつがあるのですか」

「坪居さんから何か聞きました?」寺田が探るような目をした。

「何をでしょう?」

「手心を加えた、とかです」

「出来るのですか、そのようなことが？」

「このようなことは、若い方には言いにくいのですが、袖の下をもらえば、まあ軽敲きですからな。その礼が、今私たちが食べている菓子に化けるとなる、目を瞑るという訳ですな」

「あの……」

「はい？」

「浩吉は牢の中です。金を払ったとは思えません。とすると、払ったのは誰なのでしょう？」

「何ゆえ、そのような細かいことまで知りたがるのですかな？」

「私、思うに、どうも三益様に気に入られているようなのです。と言うことは、牢屋見廻りになるかもしれませんので、今後のために、と思いまして」

ああっ、と寺田がまじまじと正次郎を見ている。出任せをそこまで真に受けなくても、と思いながら、金の出処を押してみた。

「浩吉の親でしょうか。女房でしょうか」

「それが、御用聞きの滝造だって話なんですな」

その名には覚えがあった。料理茶屋の《関もと》から浩吉と出て来た男だった。

「何でも、滝造が女房にやらせている煙草店で、難癖を付けていた与太を追い払ったとかで、恩があったのでしょう」

「何が幸いするか分からないですね」

「そういうことですな」

それから茶のお代わりをし、菓子を食べ、牢屋見廻りの部屋に戻り、床に入った。

一度夜回りの者が打つ拍子木の音を聞いたが、暁七ツ（午前四時）までぐっすりと寝てしまった。七ツは、囚人たちが平当番に買い物を頼む刻限なので、獄舎が騒がしくなるのである。

朝餉を終え、伸びをしているところに、坪居の相役の皆川弥平太が出仕して来た。正次郎は、この日は非番なので、皆川の出仕とともに牢屋敷を出ることが出来た。非番でなければ、夕七ツ（午後四時）まで詰めていなければならないところであった。

多分、それを避けるために非番の前日を泊まりの日に当ててくれたのだろうが、お蔭で寺田と話す機会を得、御用聞きの滝造が浩吉の敲きに手心を加えるよう、袖の下を使ったことが分かった。

とにかく、と正次郎は、牢屋敷から数寄屋橋御門内の南町奉行所へと足を急がせた。知らせなければ。

伝次郎らは、まだ詰所で茶を飲んでいた。

「おや、若旦那、昨日はお泊まりとか。お疲れ様でございやす」

逸早(いちはや)く気付いた鍋寅に応えながら、大変なことが分かりました、と滝造が袖の下を使ったことを伝えた。

「読めたな」と伝次郎が鍋寅に言った。

「読めやしたですね」鍋寅が伝次郎に答えた。

「あの、何がでしょうか」正次郎が言った。

「朝飯は？」伝次郎が訊いた。

「三杯、食べました」

「昨日の夕飯は？」

「やはり、三杯食べました」

「ならば、腹は減ってねえな。邪魔にならねえよう、茶ぁ啜って聞いていろ」

腰掛けに腰を下ろすと近が、黄粉(きなこ)をまぶした小さな卵程の大きさの握り飯と茶を持って来た。黄粉の握り飯は五つあった。目を輝かせていると、しっ、と唇に指を当てて、近が笑った。

「間違いねえ」と伝次郎がぐるりを取り巻いた鍋寅らに言った。「こいつは滝造が糸を引いている一件だ。『名前を聞いたら、あっと驚く奴』が、滝造かどうかはまだ分からねえが、浩吉に指図していたのは滝造で決まりだろう」

左兵衛が小伝馬町に送られた。それを知った滝造が、牢の中に浩吉を送り込んだ。《関もと》などという高いところで、浩吉と会っていた。打役同心に金を握らせ、敲きの手加減をしてもらった。これはつまり、左兵衛殺しの相談と、殺しに送り込んだ浩吉に少しでも恩を返すためだろう。

では、何ゆえ浩吉を牢に入れてまでして、左兵衛を追い掛けて殺さなければならなかったのか。滝造が、強請られる程の尻尾を摑まれていたからだ。

あんな爺さん一人だ。殺せば済む。何ゆえ殺さなかったか。考えられるのは、何か強請りの種になるものを隠していたからだろう。俺を殺しても、それを見付けた者が、お恐れながらと奉行所に届け出ればどうなるか、とでも言ったとすれば、滝造が左兵衛の借店を家探ししたのも頷ける。

「見付けたんでしょうか」

恐らくな。話の筋を追えば、見付けたはずだ。だから、殺したのだろう。左兵衛が大番屋に送られた隙に探したが、なかった。そこで、後架を借りるという苦肉の策で調べたのだ。それで、見付けられなかったとすれば、まずは殺すまい。だが、別の考えもある。左兵衛が何かの拍子に、滝造の弱味を話しやしないかという恐れだ。牢の者かお調べの同心か、誰かに話されたら、お縄になってしまうからな。怯(おび)えが勝てば、一刻も早く殺したくなるのが人情だ。

「滝造の弱味は、竹殺しを見られたってことでしょうね？」

「だろうな」

「ってえことは、悦も殺したんでやしょう。そこで、あっしは分からなくなるんです。何で滝造が悦と竹を殺さなければならなかったんでしょうね」

「そこを探らねえと、この一件は何も見えねえな」

「と思います」

「よしっ」

俺と半六は浩吉を洗うから、鍋寅と隼と真夏は、滝造の動きを見張ってくれ。誰とどこで会っているかを細かくな。正次郎はご苦労だった。帰って寝てくれ。

立ち上がった伝次郎を止め、いいえ、と正次郎が言った。

「私は二日や三日寝なくとも大丈夫ですので、お供いたします」

「若ぁ、あっしは惚れちまいますよぉ」

　鍋寅がしなしなと身体をくねらせたところで、揃って詰所を出た。


　伝次郎と半六と正次郎は、小網町一丁目の《茂助店》に向かった。

　様子を見に長屋に入った半六が、野郎、まだ中におります、と言った。

　筆屋を休んでいるらしい。それならば、と筆屋に行くことにした。

　浩吉が職人として働いている筆屋《京屋》は、親父橋を渡り、葭町を通り抜けた先の住吉町にあった。台行灯に筆と太書きされているので、遠くからでも目に付いた。主と小僧が招き猫のように座っていた。

「ごめんよ」

　浩吉の一件で、八丁堀を見ると緊張するらしい。びくんと震えるのが分かった。

「浩吉はいるか」

「それが、休んでおりまして……」

「もう小伝馬町からは出ているはずなんだが、ずっと、か」

「左様でございます」

「実はな、喧嘩した相手ってのが、今頃四の五のとうるさいことを言ってきてな。お沙汰は下ったんだから黙れ、と言ったものの、ちいと気になったので来たんだが、浩吉と仲のよかった筆師はいるかい？」

「仲のよい、という者はおりませんです。ただ、隣で筆を作っていたというのでよろしければ、裏で仕事をしておりますが」

「じゃ、済まねえが」

二階を借り、一人ずつ上がって来てくれるように頼んだ。隣の顔色を窺っての物言いでは、本当のことは聞けない、と言うと、主は簡単に納得した。

三人いた職人は既に一度定廻りに訊かれていた。前の時には言えなかったことがあったら、教えてくれ。もう沙汰は下って、お前さんたちが何を言っても、また牢屋に送られることはねえんだから、と言うと、それぞれが思い思いのことを言ったが、ほとんどは調書と同じであった。腹の底を明かさない。何か恐いところがあった、の類である。だが、ただ一人だけ、それに新しいことを付け加えた者がいた。

「前に上方の方にいたらしいのですが、そっちのお店を喧嘩か何かでしくじって江戸に来た、と酔った勢いで話したことがありました。その後、話したことを後悔したのか、凄い目で睨まれましたが」

大凡の見当は付いた。仕置を受けたのに、まだ調べているのかと、嫌な気になるだろうからと、内密に頼む、と言ったのだが、直ぐに誰かが話してしまうだろう。浩吉が喧嘩をしたという煮売り酒屋に回った。

《ひょう六》は馴染みの店ではなかった。調書に書かれていたところによると、何回かは来たことを覚えている、という程度だった。入れ込みに一人で上がり、酒を静かに飲んでいたと思ったら、浩吉が隣の男の掌を踏んだとかで、騒ぎが起こった。

「そんな汚い掌、踏んじゃいねえぜ。踏んだらこっちの足が汚れちまうわ」

何を、と喧嘩になったのだが、浩吉は相当に喧嘩慣れしていたらしい。一方的に殴る蹴るになった、と店の者は調書通りのことを言った。序でに、骨を折られた二人を長屋に訪ねたが、わざと踏みやがった、と口を揃えていた。

「どうも、てめえから小伝馬町に入ろうとしていたように取れるな」

それが、ぐるりと回って得た伝次郎の感触だった。

滝造らを見張っていた鍋寅らの話によると、滝造は縄張り内を回るだけで、大きな動きはしていないらしい。

「よし、明日も続けるぞ」

五

十二月二十五日。

この日も滝造は縄張り内を歩いただけだったが、浩吉は身形を整えると、髪結いに寄り、瀬戸物町（せとものちょう）は浮世（うきよ）小路の料理茶屋に入った。連れはなく、一人で飲み食いし、過分な金を払い、出て来た。浩吉が長屋に戻るのを見届け、茶屋に戻り、何を食い、幾ら払ったかを訊いた。

「野郎。金の払いがよ過ぎるじゃねえか」

どこから出ているんだ？

そこに至り、伝次郎は、浩吉を見張っていた時に、滝造と料理茶屋《関もと》から出て来た時のことを思い出した。滝造と手下の権平を尾けた正次郎と半六は、滝造が真っ直ぐ《播磨屋》に行った、と言っていた。

「《播磨屋》には、倅がいたな？」半六に訊いた。

「出来がいいって評判なのがおります」

「面を見ようじゃねえか」

室町三丁目から北に向かい、今川橋の北詰、元乗物町の《播磨屋》に出た。お店の前に駕籠がある。誰かが乗り込むのを待っているらしい。暖簾が手代らの手で割られ、白髪頭の主風体の男が、ちらりと四囲を見ながら出て来た。手代らが口々に、行ってらっしゃいませ、お気を付けて、と言っているところからすると、主の為右衛門なのだろう。老舗を守って来ただけの、腹がありそうに見えた。駕籠が出ると、店の前が静かになった。

ひょいと店の中を覗いた半六が、倅らしいのが帳場に座っていると言った。間違いないか、と念を押すと、年格好は合っているのですが、と首を捻っている。

伝次郎は店から出て来た身形のいい客を、手間を取らせて済まないが、と呼び止め、尋ねた。

「帳場にいるのは、後継ぎの仲兵衛さんかな？」

八丁堀と見て、答えるのを躊躇っている男に、年は七十になる、あるお店の御内儀が寺の境内で倒れて困っていた。そいつを助けた者が、ここの後継ぎではないか、と思い、聞き歩いているって寸法だ。粗筋を呑み込んだら、教えてくれ。どうなんだ？　何が嬉しいのか、男はてめえの倅のことのように胸を張り、まさしく帳場にいるのが仲兵衛さんで、先程駕籠で出掛けたのが当代さんだ、と答えるので、さっさと行くように言い、半六に走れ、と命じた。

「桃を呼んで来い。豊島町の《市兵衛店》だ」

合点承知と駆け出した半六が、てめえは天狗かと言いたくなる程素早く、桃を連れて駆け戻って来た。

中に入るぞ。柳原通りで見掛けた奴か、じっくり見ろ。

大丈夫ですかい？　中に入ってしげしげ見たら、野郎が変に思いやせんか、と鍋寅が言った。

「それでじたばたしてくれたら、儲けものよ」

いいか、と伝次郎が桃に言った。お前は仕出し屋を始めようとしている。その店開きのために、竹皮の値を見に来たってことにするんだ。いいな？

「あたしが、仕出し屋を？　始めるんですか」

鍋寅に早く連れて行くように言った。伝次郎は、一目見れば八丁堀だと分かってしまうので入れない。

程なくして鍋寅が桃と出て来て、首を左右に振った。済みません、と桃が頭を下げた。

「あの帳場にいる方のような気もするのですが、言い切ることは、あたしにはとても出来ません」

礼を言って桃を帰してから、伝次郎らは蕎麦屋の二階に上がり、額を寄せ合った。

「桃は頼りなさそうだったが、あの若旦那が悦の旦那だとするとだな……」

伸兵衛が悦を殺した。どうする？

そりゃ、気が動転するでしょう。鍋寅が言った。

店に逃げ帰ったとする。悦の死体は、そのままだ。どうする？

滝造に頼んだんだ。金をやるから頼むって。隼が言った。

悦を庭に埋めた。だが、下女の竹がいる。竹には、顔を見られているし、名も知られているはずだ。どうする？

それで、殺すことにしたんだ。半六が言った。

そこで滝造と権平は、家の中で待ち伏せ、竹が帰って来たところを襲った。ところが、表まで逃げられた。

そこを見られたんだが、夜の闇に助けられ、正体はばれなかった。

「間違いありやせん。それでやすよ」鍋寅の口から蕎麦が飛び出した。

汚ねえな。皆が一瞬身を退き、直ぐさま、また顔を寄せた。

「ところが、それを見ていたのが、もう一人いた」

「左兵衛ですね」隼が言った。

「そうだ。左兵衛が《播磨屋》ではなく、滝造を強請ったってことは、奴は仲兵衛が悦を殺した件には気付かなかった。だが、滝造と権平が竹を殺すところは見たのだろう」

その滝造が、左兵衛の借店を家探ししていた。そんなことをすれば、後で調べられた時に、何で、と言われることになるのにな。

「やはり、左兵衛が何かを残したからとしか思えねえ」

「滝造は、その何だか分からねえものを見付けたはずでやすよね?」鍋寅が言った。

「とは思うが、もう一度、長屋に行ってみよう。念のためだ。何か、気になってならねえ」

蠟燭町の《だぼ鯊長屋》に急いだ。大家の嘉助は、店子の女房どもと井戸端で笑い声を上げていた。

また見せてもらうぜ。左兵衛のいた明店を指差すと、嘉助が飛んで来て、雨戸と腰高障子を開けた。

中は前の時と同様がらんとしていた。もう見て回るところはないも同然だったが、甕の裏と竈の周りを見るように、と隼と半六に言った。

「何か、お探しですか」

「ちいとな」

「あの……」

「何だ？」

「書いたもの、とかですか」

「まあな」

「左兵衛さんは、読み書きは」嘉助が、顔の前で手を横に振った。

「駄目なのか」

「分かったような振りして、ふむふむ言っていましたが、まったく駄目で。借店の証文も名を書くところに×印を付けただけって塩梅なんで」

「知らなかったぜ」

「隠していましたからね」

「そのことは、皆知っているのか」

「さあ、どうでしょうか」

「滝造には？」

「お話ししました。何か書いたものとかねえのか、と訊かれたもので」

「お手柄だぜ、大家さんよ」

「そうなんで？」

「来た甲斐があったぜ。ありがとよ」

「へい」嘉助が顔を綻ばせた。

隠したものなんぞ、端からなかったのだ。それに奴らも気付いた。だから、危ねえ橋を渡って、牢の中で殺したのだ。

長屋を出ると伝次郎が、野郎ども、と言った。いたぶってやろうじゃねえか。

「太郎兵衛を呼びたいところだが、時がねえ。お近を連れて来てくれ」半六に言った。「俺たちは滝造を脅かしてから《播磨屋》に行くから、通りの向かいにでもいてくれ」

　半六の後ろ姿が遠退いて行く。伝次郎らは薬師の滝造の家に行った。煙草を売っていた女房に、行き先を尋ねると、見回って来ると言って出掛けたらしい。町の者に訊きながら行くと、料理茶屋《関もと》の近くに行き着いた。

「鍋寅。俺たちは昼に何を食った?」

「蕎麦でやす」

「野郎ども。豪勢に小鉢を並べていやがるぜ。酒も飲んでいるはずだ」

「またここに上がっているんですかね」鍋寅が、檜皮葺き門の中を覗いた。

「決まっている。卑(いや)しいのが金を持つと、こんなところに通いたくなるもんだ」

「出て来るのを待ちやすか」

「冗談じゃねえ。何を食ってるか、味を分からなくさせてくれようじゃねえか」

　伝次郎は門を潜ると玄関に行き、主に滝造は来ているかと尋ねた。座敷に上がっていた。連れは手下の権平だった。

「ちいと話があるんだが、直ぐ済む。座敷だけ教えてくれ」

　廊下を二度曲がると、教えられた萩(はぎ)の間があった。小鉢に箸の当たる音がしている。

　親分、美味いっすねえ。権平の声だった。

今度はもっと美味いところに行こうじゃねえか。

あるんすか、そんなところが？

「行けるといいがな」障子を開け放ち、座敷に入りながら伝次郎が言った。

「旦那……」滝造が手にしていた小鉢を宙に浮かせたままでいる。

「えらく景気がよさそうじゃねえか。結構なことだな」

「へい……」

「《播磨屋》の金か。楽しんでいるところを、済まねえな。俺は鼻がやたらに利いちまってな。悪い奴の腸（はらわた）は腐っているから直ぐ分かるのよ。忘れねえうちに、言っておく。左兵衛のことだ。奴さんには参ったな。まさか読み書きが出来ねえとはな。てめえも驚いただろう？」

滝造の顔から血の気が引いた。小鉢を持つ手が宙で小刻みに揺れている。

「だが、字が書けなくとも、ご牢内で誰かに洩らすかもしれねえってんで、浩吉に殺させやがったな。てめえらが何で浩吉に目を付けたは知らねえが、いい目をしているじゃねえか。知っていたか。奴は上方でとんでもねえことをしていやがるんだ。今それを証すものを取り寄せているところだ。一緒に引っ括ってやるから、首洗って待っていろ」

年寄りに長っ話をさせるんじゃねえ。咽喉が渇いちまったじゃねえか。恵んでくれるのか、礼を言うぜ。伝次郎は銚子を手に取り、くいっ、と飲むと続けた。

「てめえらは御用聞きだ。小伝馬町に送られたら、知っているよな？　ご馳走と称して何を食わされるか。糞だ、糞。可哀相だが仕方ねえか。まあ今のうちだ。精々美味いものを食っておくがいいだろうよ。俺は人が優しく出来ているんでな。早めに教えておいてやったって訳だ。じゃあな」

帰るぞ。鍋寅らに言い、座敷を出、元乗物町に向かった。

《播磨屋》の向かいに近と半六がいた。その横に、このところ河野の手伝いをしていた真夏の姿もあった。

「待たせたな」

近に役割を話した。上手くやってくれな。

「腕が鳴るってもんですよ」

近は通りを渡ると、物陰に隠れた。半六が間近から《播磨屋》の出入りを見詰めている。

半刻程が過ぎた。半六が足踏みをしている。

何をしていやがるんだ……。隼、と鍋寅が言った。あの野郎、小便がしたいんだ。代わってやれ。

へいっ、と隼が通りを渡ろうとした時、《播磨屋》の暖簾が分かれ、手代と小僧が出て来た。次いで伸兵衛の姿が見えた。出掛けるらしい。

半六が近に合図を送った。

物陰から、ひょいと出て来た近が、小走りになって叫んだ。

「あらっ、お悦っちゃん」近が手を振った。

伸兵衛が、近を見、近が見ている方に目を遣った。

「お悦っちゃん、お悦っちゃん」近が声を大きくしている。

「どなたか、お探しですか」伸兵衛が近に訊いた。

「お悦っちゃん。ほらっ、そこに立って、そっちを」と、《播磨屋》を指した。

「見ていたのに、すっと消えちゃった……。変ね。旦那も見たでしょ……」

伸兵衛はがたがたと身体を震わせると、外出を取り止め、お店に戻ってしまった。

「これで、餌（えさ）はたっぷりと撒いた」と伝次郎が吠えた。「逃げ出そうとしたら、ふん捕まえろ。殺したと白状したのと同じだ」

旅支度もそこそこに家を出た滝造を太郎兵衛と隼が、権平を河野と半六が捕らえ、長屋から抜け出した浩吉を真夏が峰打ちで叩き伏せた。後日、白洲(しらす)で分かったことだが、浩吉は上方で人を殺していたらしい。その浩吉の凶暴な血を、滝造は嗅ぎ付けたのだろう。

滝造、権平、浩吉は捕縛したが、動きがないのは《播磨屋》の伸兵衛であった。

「ちいと、おかしいな……」

稲荷橋の角次と手下の仙太に表と裏の見張りを任せ、染葉と暖簾を潜った。只今、主を呼んで参ります、と立ち上がろうとした番頭を押し退け、奥へと向かった。お待ちください。付いて来る番頭を無視して、ずんずんと奥へ向かった。少し年若の番頭が、どうしたものか、と困り果てた顔をして、染葉の後ろに続いている。

座敷で主の為右衛門が、昼から酒を飲んでいた。商家の主らしくない振る舞いである。

「何があった?」伝次郎が為右衛門に強い口調で訊いた。

為右衛門が、黙って杯を口に運んだ。その手が微かに震えている。

「仲兵衛はどこだ？」伝次郎が訊いた。

答えがない。ふと庭に目を遣った番頭が、

「どうして、蔵の戸が……」

庭下駄に足袋を通し、小走りになって蔵に向かった。もう一人の番頭も下駄を探して走り出した。

染葉が二人の番頭の後を追った。

「首を、括りました……」為右衛門が呟くように言った。

蔵から番頭の悲鳴が聞こえて来た。仲兵衛の名を呼んでいる。廊下に飛び出して来た御内儀が、為右衛門を見てから、足袋裸足で庭に下り、蔵の方に走って行った。擦れ違うようにして、若い方の番頭が店に向かっている。

「いつだ？」

「ほんの先程のことでございます」

「下ろしてやってないのか」

「はい……」

「どうしてだ？」

「店の者は皆働いているのです。勝手にぶら下がったのですから、そのままにしてあります」

御内儀の泣き叫ぶ声が、座敷にも届いて来た。

為右衛門は、銚子を取り、酒を注いでいる。

「《播磨屋》は手前で四代目になります。二代、三代と婿養子で、手前も婿養子でございます。五代目は男が生まれたので、喜んでいたのですが、まさかこのようなことになろうとは。世の中、上手くゆかないものでございますね」

「竹殺しは、お前さんが、指図したのか」

「左様でございます。親分に頼みました。下女を殺してくれ、と。手前には始末する力はなく、倅にもない。店の者にも上手くしてのける者はいそうもない。腹の据わった者を育てなかった手前の手落ちです。そこで親分に頼んだのですが、まさか下女一人の始末に梃摺る(てこず)とは。手前と倅で始末すれば、と悔やんでいます」

為右衛門は杯を干すと、切り昆布の煮物を口に押し込んだ。

「金で縛った女が、言うことを聞かなかったから、と癇癪(かんしゃく)を起こす。思わず首を絞めたら、力を入れ過ぎてしまい、死んでしまったんだそうです。後先も考えずに首を絞めた倅が馬鹿なのです。育て方を間違えました」

「その時、自身番に言えばよかったではないか」

「隠そうとしか考えませんでした……」

声を聞き付けたのだろう。稲荷橋の角次と仙太が表と裏から回って来た。

染葉が、下ろしてやれ、と仙太に言った。

「旦那。お縄をお願いいたします」為右衛門が手を前に出した。

「いや、縄は打たねえ。走ったら俺の方が早そうだからな」

「お幾つになられるのですか」

「年が明けると七十だ」

「そのお年で。すごいですね」言ってから気付いたらしい。「あっ、もしかする
と戻り舟の……」

「そうだ」

「ご子息様は？」

「定廻りをしている」

「よろしゅうございますね。御立派で」

「いや、物足りねえところばかりだ」

為右衛門は声に出さずに笑い、庭を見た。

「……牢は寒いのでしょうね？」

「そうだな」

「では、参りますか」

座敷を出た。店の中は、水を打ったように静まり返っていた。

為右衛門が足を止め、皆に「こんなことになって済まないね」と言い、番頭に
「騒がないようにするんだよ」と厳しく言い聞かせた。

店の者は皆、俯き黙っている。

「草履（ぞうり）を出しておくれ」

小僧が、慌てて足許に草履を置いた。

手代が走って来て、為右衛門に襟巻（えりまき）を差し出した。

「ありがとよ」

首に掛け、店を出た。通りには人が行き交っている。

「おやっ、《播磨屋》さん」

小僧を連れた商家の主が、為右衛門に声を掛けた。

「これは、これは」為右衛門が、にこやかに微笑んで、頭を下げた。

「何だか、嫌な空模様ですよ。降りますね」

「そのようですね」為右衛門が空を見上げた。厚いどんよりとした雲が空を覆っている。

「お出掛けで？」

「そこまで」

「お早いお帰りを」

「ありがとう存じます」

お待たせしました。為右衛門が再び歩き始めた。風がひどく冷たい。

伝次郎らの後ろで女が叫んでいる。

御内儀が追って来ているのだろう。通る者が、足を止めて、伝次郎らの後ろの方を見ている。

振り返ろうとした《播磨屋》に、伝次郎が鋭く言った。

「見るんじゃねえ」

歩いた。振り返らず、同じ足の運びで歩いた。

人の倒れる音がした。伝次郎がそっと振り向くと、倒れ込んだ御内儀が人目も憚(はばか)らず嗚咽を漏らしていた。

「振り向くな」と伝次郎が、為右衛門に言った。「振り向いて、おめえに戻られたら、俺たちは鬼じゃねえ。引き離せなくなる。歩いてくれ」

《播磨屋》の肩が震えている。

雪がちらりと舞った。舞ったかと思うと、風に巻かれ、渦のようにうねり、町を白く覆い始めた。

「寒かないか」

「……大丈夫で、ございます」

雪は更に激しく落ちて来た。

一〇〇字書評

雪のこし屋橋

切り取り線

購買動機（新聞、雑誌名を記入するか、あるいは○をつけてください）

□（　　　　　　　　　　　　　　）の広告を見て
□（　　　　　　　　　　　　　　）の書評を見て
□ 知人のすすめで　　　　□ タイトルに惹かれて
□ カバーが良かったから　　□ 内容が面白そうだから
□ 好きな作家だから　　　　□ 好きな分野の本だから

・最近、最も感銘を受けた作品名をお書き下さい

・あなたのお好きな作家名をお書き下さい

・その他、ご要望がありましたらお書き下さい

住所	〒				
氏名		職業		年齢	
Eメール	※携帯には配信できません		新刊情報等のメール配信を 希望する・しない		

この本の感想を、編集部までお寄せいただけたらありがたく存じます。今後の企画の参考にさせていただきます。Eメールでも結構です。

いただいた「一〇〇字書評」は、新聞・雑誌等に紹介させていただくことがあります。その場合はお礼として特製図書カードを差し上げます。

前ページの原稿用紙に書評をお書きの上、切り取り、左記までお送り下さい。宛先の住所は不要です。

なお、ご記入いただいたお名前、ご住所等は、書評紹介の事前了解、謝礼のお届けのためだけに利用し、そのほかの目的のために利用することはありません。

〒一〇一－八七〇一
祥伝社文庫編集長　坂口芳和
電話　〇三（三二六五）二〇八〇

祥伝社ホームページの「ブックレビュー」からも、書き込めます。

http://www.shodensha.co.jp/bookreview/

祥伝社文庫

雪のこし屋橋 新・戻り舟同心

平成29年7月20日 初版第1刷発行

著者 長谷川 卓

発行者 辻 浩明

発行所 祥伝社

東京都千代田区神田神保町3-3

〒101-8701

電話 03(3265)2081(販売部)

電話 03(3265)2080(編集部)

電話 03(3265)3622(業務部)

http://www.shodensha.co.jp/

印刷所 堀内印刷

製本所 ナショナル製本

カバーフォーマットデザイン 中原達治

Printed in Japan ©2017, Taku Hasegawa ISBN978-4-396-34335-4 C0193

祥伝社文庫の好評既刊